CHOUETTE,
UNE RIDE !

DU MÊME AUTEUR

Les Tribulations d'une jeune divorcée, Fleuve Noir, 2005.
Au secours, il veut m'épouser !, Calmann-Lévy, 2007.
Toubib or not toubib, Calmann-Lévy, 2008.

Agnès Abécassis

CHOUETTE, UNE RIDE !

Roman

calmann-lévy

Retrouvez Agnès Abécassis sur :
www.agnesabecassis.com

Ce roman est une œuvre de fiction.
Les personnages, les lieux et les situations
sont purement imaginaires.
Toute ressemblance avec des personnes existant
ou ayant existé serait fortuite ou involontaire.

ISBN 978-2-7021-3976-9

À mes minus et à mon maximus.
Et à mes parents,
qui attendent toujours
de pouvoir dire « chouette »,
car ils n'ont pas pris une ride.

1

Branle-bas de combat !

Je suis devenue une mère au foyer, et il n'y a pas de meilleur job.

Céline Dion

6 heures

Lever bondissant (en sursaut) sitôt que retentit la sonnerie du réveil.

El Marido à côté de moi n'a pas bougé d'un cil, les écouteurs du casque plaqués contre ses oreilles diffusant en boucle son album préféré, telle une berceuse perpétuelle.

6 h 01

Électrisée mais dans le coaltar, j'enfile un jean sur mon pyjama, et me fais attaquer par ma chienne de cinq kilos qui veut que je la sorte.

6 h 05

Je la supplie à voix basse de ne pas se soulager sur le parquet. Le taux de probabilité pour qu'elle accepte est déterminé par son humeur du moment. OK je ne me brosse pas les dents, OK je ne prends même pas de petit déj, mais pitié, pitié Chochana, laisse-moi au moins faire pipi avant toi.

6 h 07

Comme chaque matin, mon cerbère miniature aux fesses, j'ai encore battu un record de fulgurance aux toilettes. Et dire que si j'avais été un homme, j'aurais pu m'en vanter auprès de mes potes... En même temps, de savoir que les garçons éprouvent une gloire quelconque à rivaliser au sujet de la puissance de leur jet d'urine donne-t-il vraiment envie d'être une des leurs ?

6 h 08

Non, hein ?

Merci mon Dieu de m'avoir faite femme.

6 h 15

La Choch' s'ébroue gaiement sur la pelouse de la résidence ornée d'un petit panneau, ignoré de tous, portant la mention « Interdit aux chiens ».

6 h 15 mn et 20 s

Hop, je dégaine mon portable et compose le numéro de ma mère, fort heureusement aussi matinale que moi. Comme d'habitude, à la seconde où j'entends sa voix, une pulsion irrépressible me pousse à lui raconter tout ce que j'ai vécu la veille (y compris ce que je m'étais promis de taire), quand bien même je sais qu'elle va me donner (m'imposer ?) son point de vue.

Ma maman, c'est mon sérum Pentothal à moi.

La conversation se déroule à voix basse, pour ne pas informer mes voisins du rez-de-chaussée de l'évolution de ma vie privée depuis hier.

Je les en informe quand même en haussant le ton lorsque le papotage tourne au vinaigre.

Car pour que son bonheur soit complet, il ne manque plus à cette femme qu'un joystick pour diriger ma vie. En effet, ma mère, qui vit pleinement mes anecdotes par procuration, commence systématiquement ses phrases par « Dis-lui que... », « Réponds-lui que... », « Tu n'as qu'à... ».

Ça m'énèèèrve, cette manie qu'elle a d'employer l'impératif pour me donner les conseils que je ne lui ai pas demandés !

Je comprends maintenant d'où je tiens cette façon de parler.

6 h 32

Bien sûr, je n'échappe pas aux informations météorologiques qu'elle m'inflige depuis l'enfance, consistant invariablement à m'ordonner de me couvrir en prévision d'un cyclone de froid ou d'une tempête de pluie sur le point de s'abattre sur nos têtes, quand bien même le ciel est d'un bleu limpide et la température printanière.

Sa chanson préférée ? « Fous ta cagoule ».

En fait, ma génitrice est probablement la seule personne au monde qui considère le réchauffement climatique comme une bénédiction.

6 h 40

Retour au bercail, où je peux enfin bénéficier du luxe suprême de m'octroyer dix minutes pour faire ma toilette, et avaler une tartine à la confiture.

Sans pain, puisque j'ai oublié d'en acheter.

6 h 50

Allumage des lumières dans la chambre des minus, accompagné d'un doux murmure sollicitant leur réveil.

7 h 15

El Marido se lève pesamment, les cheveux en bataille et la tronche chiffonnée, me faisant signe de ne pas lui adresser la parole le temps qu'il ouvre les yeux, c'est-à-dire dans une heure. Ça fait long quand on a des choses à dire. (Raconter ce qui s'est passé dans notre vie entre 6 heures et 7 h 15, par exemple.)

7 h 20

Retour dans la chambre des pygmées, claquement dans les mains avec ton un peu plus vigoureux pour qu'elles se bougent.

7 h 30

Debout devant la télé, je fais danser le fer à repasser sur les habits de tout le monde en commentant l'actualité qui défile dans *Télématin*.

El Marido, assis une tasse de café à la main, me fait taire d'un « chhht... » impérieux, rappelant que pour émerger, tel le nouveau-né accouché dans l'eau, il a besoin d'un environnement calme, paisible, et dénué de toute trace de parasites sonores en provenance de ma bouche.

7 h 31

Docile, je me tais, tout en prenant conscience que le vêtement sur lequel je suis en train de m'escrimer est sa chemise.

Pourquoi ?

Parce qu'il me l'a tendue.

7 h 32

Si je voulais, je n'aurais qu'un seul geste à faire pour...

7 h 34

… être une bonne épouse.

Je la défroisse donc soigneusement et la lui rends avec un sourire tolérant agrémenté d'un bisou silencieux.

7 h 37

Pour le divorce, je crois que je vais attendre un peu : c'est déjà mon second mari. À force de changer de nom tous les cinq ans, je finis par ne plus savoir comment je m'appelle. Il y en a qui deviendraient schizos pour moins que ça. Il est temps de prendre sur moi et…

7 h 38

… je percute. Chloé ne commence pas à 8 heures, aujourd'hui ?!

7 h 38 mn et 1 s

Ruade dans la chambre des petites, et gueulantes au son de mon jingle quotidien : « Dépêchez-vous de vous lever, on n'a jamais été aussi en retard de notre vie !! »

7 h 45

Branle-bas de combat, vêtements enfilés au pas de charge et brioches sous plastique à la main, le checking des sacs et cartables se fait dans la joie et la bonne humeur (« T'as pas oublié ton livre d'histoire ? ? », « Comment ça, gym ? Il est où, ton survêt ? ! »).

7 h 55

Dévalage de l'escalier en mode turbo, ponctué de « Maman, si je suis en retard, tu me fais un mot, hein ! ».

8 h 05

El Marido, qui a pris tranquillement sa douche, part travailler.

8 h 40

Retour à la maison, enfin vide. Je contemple d'un œil éteint le foutoir qui m'entoure, et décide que le mieux à faire est encore d'aller moi aussi vaquer à mes occupations, dans la pièce du fond.

Lorsqu'ils me demandent quel est mon métier, ma réponse embarrasse toujours les gens.

Aussi je m'amuse à ne pas en varier, répliquant, l'air énigmatique : « Je travaille chez moi. »

Soit ils se disent : « Comment elle se la pète, celle-là, à s'imaginer qu'elle travaille, alors que c'est juste une vulgaire femme au foyer. »

Soit ils pensent : « Ah bon ? Mais quel métier peut-on exercer chez soi ? Elle fabrique des bijoux fantaisie ? Elle tricote des écharpes qu'elle vend sur les marchés ? Elle garde les enfants des autres ?... »

Généralement, ils finissent par interpréter : « ... ou bien alors, rhooo, elle ferait pas commerce de ses charmes, quand même ? ! » (Au moment où je vois leurs pupilles se dilater, je me plais à ne pas les détromper, et leur décoche un petit sourire du genre : « Ne rêve pas, bouseux, je suis trop chère pour toi. »)

En réalité, vous savez, je ne fais rien de tout cela.

Je fais pire, bien pire que tout ce que vous pourriez imaginer.

Planquée dans mon repaire, protégée par une feuille de papier blanc accrochée à ma porte où j'ai écrit en lettres majuscules « Ne pas déranger, sinon ça va chier ! », j'élabore des choses atroces, abominables. Des choses qui me terrifient moi-même, et m'empêchent souvent de m'endormir la nuit. Des choses dont je ne me serais jamais crue capable, qui m'ont fait parfois me demander si mon esprit n'était pas malade, des choses dont je ne dois pas parler, que je ne peux partager avec personne.

Je façonne des choses qui, lorsque vous les découvrirez, hanteront vos journées et peupleront vos cauchemars.

Mais vous en redemanderez.

Vous en redemandez toujours.

C'est même ce qui a fait ma renommée.

Je m'appelle Anouchka Davidson, et je suis auteur de romans d'épouvante.

2

Quelle angoisse

Vieillir, ce n'est pas un boulot pour les poules mouillées.

Stephen King

La sonnerie du téléphone retentit, brisant d'un coup le silence qui s'était installé depuis un long moment dans le bel appartement que Rebecca occupait à Manhattan.

Maximilian Foxwood, le richissime homme d'affaires créateur de la chaîne de ~~fast-food~~ restaurants Foxwood's Burgers, alias son propre père, le lui avait offert pour ses vingt et un ans.

Les yeux de la jeune fille, teintés d'une lueur d'agacement, quittèrent un instant les pages de son livre pour se poser sur l'appareil, mais elle choisit de ne pas répondre.

Pelotonnée sur son sofa, s'efforçant d'oublier le son strident qui persistait étrangement, elle se replongea dans la lecture de son roman.

Cette jeune étudiante avait vu sa vie bouleversée par sa rencontre avec Allan, un garçon de son âge, ~~qu'elle avait accosté un soir de cuite avec sa bande de copines people,~~ ~~qu'elle avait bousculé à la~~

~~laverie automatique,~~ qu'elle croisait fréquemment à la bibliothèque du campus.

Rebecca était aussi pétulante et exubérante qu'Allan était calme et réservé.

Ses cheveux noirs, ses yeux en amande, son sourire moqueur, même son apparence contrastaient avec celle du garçon : des mèches d'un ~~roux profond~~ blond vénitien, un regard bleu, intense, énigmatique, qui abritait d'insondables pensées.

Très vite, il succomba au charme tourbillonnant de l'étudiante, laquelle ne résista pas longtemps à l'air taciturne et un peu sauvage qu'il affichait en permanence et qui le rendait aussi mystérieux que follement séduisant.

La sonnerie s'était enfin tue.

Rebecca émergea de sa méditation.

Elle contempla le téléphone, posé sur la petite table du salon, puis se leva, lentement, les yeux toujours fixés sur l'appareil silencieux.

Et le bruit retentit de nouveau.

Strident. Lancinant.

Cette fois, excédée, elle répondit.

– Allô ?

– Allô, c'est toi Becky ? Où étais-tu ? Ça fait une heure que j'essaye de te joindre. Tu étais sortie ? Avec qui ?

– Attends, c'est drôle, ça, j'ai failli croire un moment que j'avais des comptes à te rendre.

– Je voulais juste m'assurer…

Le ton de Rebecca se durcit, elle le coupa sèchement.

- ~~Casse-toi, blaireau.~~ Tu es beaucoup trop curieux.

Ses doigts tapotèrent nerveusement la petite table basse.

Au bout du fil, Allan se taisait.

- Pardon, reprit-il, tu as raison. C'est juste que… l'idée que tu fréquentes un autre que moi me rend complètement fou.

- Et pourtant, il va bien falloir t'y faire. Je te rappelle que c'est fini, entre nous. J'ai cru un instant que nous pourrions rester amis, mais là je constate que…

- Non, non, nous sommes amis ! Je voulais juste avoir de tes nouvelles…

- De mes nouvelles ? Tu m'appelles quinze fois par jour…

- … mais…

- … tu me submerges de textos et d'e-mails…

- … je ne voulais pas…

- … tu interroges mes copines sur mon emploi du temps. Si c'est là ta définition de l'amitié…

- … Becky, il faut que tu saches que…

- Quoi ? Que je sache quoi, Allan ?

- Non, pas comme ça, pas au téléphone… J'arrive.

Il raccrocha sans lui laisser le temps de répondre.

Perplexe, elle fixa le combiné qu'elle tenait encore à la main puis, pensive, le reposa tout doucement sur son socle.

(Sonnerie du téléphone.)

- Allô ?

– Allô, maman ? C'est moi, dis, j'ai oublié ma carte de cantine dans mon blouson, tu peux me l'apporter au collège, s'il te plaît ?

Je lève mes mains du clavier.

– Oh non, Chloé, mais je suis en train de bosser là, j'étais en pleine écriture d'une scène particulièrement...

– Alors il faut que tu la déposes à la loge, tu as bien compris ? À la loge de la gardienne, et j'irai la chercher ensuite. Merci maman, je file !

(Clic.)

Je raccroche, nettement moins délicatement que mon héroïne, et me masse les tempes le temps de remettre mes idées en place dans leurs tiroirs respectifs, histoire d'avoir l'illusion que je pourrai les retrouver plus tard là où je les avais laissées.

Pourquoi, oh oui, pourquoi les gens dans cette maison considèrent-ils que je fais semblant de travailler dès que je pose mes fesses devant mon ordi ? Il a suffi qu'on me chope une fois en train de surfer sur Youtube pour que soit constituée contre moi la preuve de mon inactivité, alors qu'en réalité, je me détendais juste les neurones après un chapitre affreusement gore de mon roman. (Non, quand je veux vraiment glander, je vais sur Facebook.)

Bien sûr, j'aurais pu éteindre mon portable pour être tranquille. Mais ça aurait impliqué le risque de rater un appel d'urgence venant de l'école de mes filles.

Un de ce genre-là, par exemple.

Sachant que ce ne sera ni Albert, leur papa, qui bosse à Zorglub-les-Calamars (en banlieue parisienne), ni Aaron, leur beau-père, dont le portable est éteint lorsqu'il est en rendez-vous (petit futé, va), qui foncera apporter leurs affaires de piscine oubliées dans l'entrée.

Certes, le fait que je (tente de) bosse(r) à quelques mètres à peine de leurs lieux d'études devrait m'inciter, aux yeux du monde, à y aller mollo sur le râlage, mais c'est un peu comme se réveiller d'un bond pour courir chercher un croissant à la boulangerie du coin, puis replonger dans son lit pour tenter de se rendormir.

La similitude est saisissante, surtout d'un point de vue vestimentaire.

À toute allure, j'émerge donc de la transe dans laquelle j'étais plongée, en quittant le confortable bas de pyjama que j'avais enfilé pour être à l'aise.

Vite, je saute dans mon jean, chausse mes tongs, envisage de faire l'impasse sur le soutif histoire de gagner du temps, me gifle mentalement pour me réveiller (passé un certain calibre, sans armature de sécurité, le risque d'éborgner quelqu'un dans la rue est réel. Comme le dit la Sécurité laitière : « Un petit clic derrière vaut mieux qu'un grand choc. »), cherche le blouson de Chloé, ne le trouve pas, cherche encore, panique (l'a-t-elle oublié chez son père ?), finis par le trouver accroché au portemanteau (surprenant), fouille TOUTES les poches avant de tomber sur celle qui contient la carte de cantine en question (évidemment), rajoute ses clés de casier (oubliées aussi), glisse un paquet de Kleenex (toujours en avoir sur soi, au cas où), mets sa laisse à la Choch' et fonce, cheveux et cavalier king charles au vent, en direction du collège.

Où trois minutes plus tard je dépose mon précieux butin, non sans éprouver une bouffée de satisfaction de me savoir une mère aussi fiable et réactive.

En poussant la grille en fer forgé de l'établissement pour repartir, tirée par une furie qui se prend pour un minichien de traîneau déguisé en vache (elle a failli s'appeler La Noiraude, car son pelage évoque de façon saisissante la robe d'une bretonne pie noir), je croise un groupe de jeunes quasi adolescents.

Comme chaque fois depuis la rentrée de ma fille aînée en sixième, je ne peux m'empêcher de les observer du coin de l'œil, fascinée.

Les filles rient fort.

Classique.

À l'échelle du cétacé, le rire adolescent est l'équivalent d'un chant nuptial. À l'échelle humaine, il est tout aussi indéchiffrable pour les scientifiques qui tenteraient de le décoder.

Ils ne ratent rien.

S'ils y étaient arrivés, voici ce que ça aurait donné : « AHAHAH (regarde-moi, Martin, je te mate)... AHAHAHA (mais regarde-moi, crétin)... AHAHAAAAAHA (comment j'ai trop l'air naturelle et tellement joyeuse, il FAUT qu'il crève d'envie de sortir avec moi)... Hiiiiiiiii ! MEUH VAS-Y HEY, CAMILLE, ARRÊTE DE M'POUSSER ! (quelle pétasse cette Camille, elle aussi essaye d'attirer l'attention de Martin !)... AHAHAHA (surtout bien montrer que je m'en tape). »

Mon regard glisse sur leur tenue qui, par contre, me laisse perplexe.

Elle ressemble à s'y méprendre à celle que je portais quand j'avais seize ans.

En plus moderne, plus près du corps, plus décolletée et plus sexy.

Sauf qu'elles n'ont que douze ans.

Créoles aux oreilles ou boucles pendantes pour les plus sages, maquillage plus ou moins léger, jeans ultramoulants taille basse avec des ballerines ou des bottines à talons, cheveux lissés, accessoires aux couleurs flashy, ongles vernis, moues pincées façon « je suis grande maintenant, alors d'où tu t'étonnes ? ».

Ben oui, je m'étonne. OUI, JE M'ÉTONNE. Vous vous rendez compte ?

Qu'est-ce que j'ai pu rater dans l'éducation de ma Chloé pour qu'elle se fasse autant remarquer ?

Qu'est-ce que j'ai fait de mal, pour qu'elle me fasse payer si cher mon incompétence éducative par un accoutrement aussi ordinaire ?

Là où les filles de sa classe portent des brassières sous leurs tee-shirts pour donner l'illusion d'avoir quelque chose à soutenir, la mienne continue de porter (dois-je l'avouer ?) les vêtements rigolos que je lui achète chez Du Pareil Au Même !

Vous croyez qu'elle va me réclamer des baskets Nike, ou des jeans Levi's ?

Que dalle. Sa mode à elle, c'est d'être à l'aise.

Et si ce n'était que ça.

Alors qu'à son âge j'instaurais fermement une distance de sécurité d'un kilomètre autour de mon collège, avec interdiction absolue faite à mes parents de la franchir sous peine de me choper une honte radioactive devant mes congénères, ma fille aînée, ma chair, mon sang, mon ADN insiste pour que… je vienne l'attendre devant le sien ! (Respirez un coup, il y a pire, attendez, vous allez voir)… Et me présente même ses amies !

Franchement, qu'est-ce que j'ai fait pour mériter ça ?

Les amies en question étant d'ailleurs visiblement embarrassées qu'une mère (quelle qu'elle soit) leur adresse la parole en public, elles marmonnent des bonjours inaudibles dans ma direction, avant de planter deux bises sur les joues de mon bébé comme si je n'existais pas. (Oui, mon bébé fait « la bise » à ses copines maintenant. Hier encore je changeais ses couches, et aujourd'hui elle a une vie sociale. Rien qu'au souvenir de la texture de ses Pampers, je sens se déclencher en moi une montée de lait...)

À un garçon de sa classe de sixième qui a tenté une fois de la railler à mon sujet, elle a répondu du tac au tac : « Dis donc, Alexandre, moi au moins, je ne fais pas semblant de rentrer seule, alors que ma nounou m'attend planquée au bout du trottoir. »

« Mais d'où elle sait ça, elle ?... » a bredouillé l'Alexandre, perdant d'un coup toute sa superbe et s'éloignant à grande vitesse sans courir, sous les quolibets de ses acolytes. Lesquels n'en ont pas rajouté, et ont continué de rejoindre chaque jour discrètement leurs parents qui les attendaient dans une voiture garée plus loin, ou à la boulangerie d'à côté.

Cela m'emmène au constat suivant : il est donc techniquement possible de s'assumer bien avant l'âge adulte, et de sauter d'un bond élégant toutes les vicissitudes des affres de l'adolescence.

Si j'avais su...

Tout à coup, le garçon visé par les chants rigolés de la jeune sirène, le fameux Martin, se place nonchalamment face à son pote, dépose au sol son sac de cours, et entame une sorte de crise d'épilepsie verticale, avec jambes qui bougent tel un pantin secoué par un marionnettiste tremblotant, et bras dont on ne sait s'ils cherchent à concurrencer une éolienne, à étaler du gel bien au-dessus de sa tête, ou à s'autoadministrer des pains dans la tronche.

Mais… cet enfant a bu, ma parole !

– Ouah, trop forte ta tecktonik ! apprécie d'un œil expert un grand flagada tout mou compacté dans un jean slim.

La tectonique ? Où ça, des plaques qui bougent ?

Sur son crâne, ses cheveux sont taillés comme si Britney Spears lui avait appris à se coiffer à la tondeuse. J'apprendrai plus tard qu'il s'agit d'une coupe « mulet ».

Tiens, c'est original, ça. Avant, quand les gosses se faisaient les oreilles d'âne, c'était pas forcément pour avoir l'air beaux.

Comme l'horreur des coiffures Jackson Five dans les années 70, il me semblait bien qu'une atrocité similaire à nuque longue avait été enterrée tout au fond des années 80. Si on m'avait dit un jour que le look poney reviendrait à la mode…

Le fait est qu'étudiante, lorsque j'allais en boîte, quand un type dansait comme ça, on se regroupait entre copines et on se fichait de lui en le montrant du doigt. (Généralement le mec ne s'en rendait pas compte, trop occupé qu'il était à se la donner devant un miroir. Ou alors il nous remarquait glousser, s'imaginait qu'on l'admirait, et repartait de plus belle avec ses mouvements de bras convulsifs.)

Tandis que je m'éloigne, une voix m'interpelle :

– Hey ! Excusez-moi…

Je me retourne et vois s'avancer vers moi un splendide garçon en tee-shirt noir, la vingtaine, le biceps joliment galbé, la frange blonde lui tombant sur l'œil, le jean baggy lui tombant tout court.

Il me sourit.

Je glisse derrière mes oreilles quelques mèches de mon absence de coiffure et me donne la contenance que j'aurais eue si j'avais été maquillée. Et accessoirement, si j'avais porté mes lentilles au lieu de ces affreuses (mais si confortables) lunettes de taupe myope, que je ne chausse que pour travailler.

Polie, je lui rends son sourire, en y injectant même une pointe de coquetterie (je fais ressortir mes fossettes).

Son visage s'illumine.

Sacrée moi, va. Toujours ce bon vieux charme de brune méditerranéenne auquel il est si difficile de résister (même malgré mes lunettes). Décidément, je ne m'y habituerai jamais.

Arrivé à ma hauteur, le beau gosse me tend un papier en expliquant l'avoir vu tomber derrière moi. Je regarde le morceau déchiré, et je confirme, il s'agit de la liste de courses que je gardais dans mon jeans. Mal enfoncée dans ma poche, elle a dû gicler au détour d'un mouvement.

Je passe en mode sourire ultra-bright pour le remercier, tout en maintenant fermement la laisse de la Choch', toujours très chaleureuse avec les inconnus, qui sautille fébrilement pour aller saluer son entrejambe.

Du calme, petite dévergondée. Est-ce que je vais renifler les fesses de tes congénères, moi ?

– Eh bien merci, vous avez sauvé ma journée, je lui lance, l'air mutin. Sans vous, je risquais d'oublier d'acheter mes... heu... collants.

Tout en parlant, je froisse rapidement la feuille griffonnée dans la paume de ma main, en espérant qu'il n'aura pas remarqué qu'on y parle surtout de tomates, de yaourts, de crème à récurer et de Coton-Tige.

Il me contemple avec douceur et bienveillance (peut-être même un zeste de convoitise ?).

Huum, vraiment craquant, j'avoue que si j'avais été célibataire…

– De rien, madame. Vous savez, sans sa liste, ma mère oublie toujours la moitié de ses commissions, alors je sais ce que c'est…

Puis il me salue d'un signe de tête et continue son chemin, me laissant immobile, un rictus figé sur le visage, un saucisson poilu s'agitant à mes pieds.

« Madame » ?

« Sa mère » ?

Attends, là. Si c'est ça, plus jamais de ma vie je sors sans maquillage.

Mais enfin, il a quasiment le même âge que moi, ce type ! D'où il me compare à sa mère ? !

En plus, pff, m'appeler « madame », comme si j'avais trente-six ans.

Alors qu'en fait j'ai… eh bien… j'ai juste… trente-six ans.

Houlà. Déjà ?

Si j'ai bien percuté ne plus être dans la vingtaine, je n'imaginais pas m'être déjà tant éloignée de cette « petite trentaine » que j'affichais fièrement.

Soyons précise : si on va par là, techniquement, j'ai presque quarante ans, c'est-à-dire bientôt cinquante.

À la limite, je devrais me sentir soulagée que ce bel éphèbe n'ait pas proposé de m'aider à traverser la rue, ou bien, à l'évocation du mot « collants », ne m'ait pas vanté la marque des bas de contention de sa grand-mère.

En même temps, relativisons.

Si ça se trouve, je me suis gourée sur toute la ligne : le gars a juste quatorze ans et il fait plus vieux que son âge. Ce ne serait pas étonnant, avec toutes ces cochonneries que les industriels mettent dans la nourriture, aujourd'hui…

Voilà, tout s'explique.

Petite folle, va. Toi et ton sacré réflexe de dévalorisation.

3

Heu… au secours ?

Si tu aimes le chien, tu aimes aussi ses puces.
Proverbe africain

Perdue dans mes pensées, j'entre dans une boulangerie pour acheter du pain.

Aimable comme une porte de congélateur, la boulangère me sert avec l'entrain qu'elle mettrait si elle travaillait à la chaîne dans une usine de distribution de baguettes à des emmerdeurs.

Chaque fois c'est pareil. Il n'y a qu'une seule boulangère sympa dans tout le quartier, mais elle est à l'autre bout de la rue. Et comme j'ai la flemme de faire quelques mètres de plus, je préfère engraisser une bonne femme acariâtre que j'ai l'impression de déranger dans sa cuisine.

Pas bon pour l'humeur, ça. Déjà que le moral en a pris un coup…

Allez, avant de rentrer, je vais me faire un petit plaisir : un saut à la parfumerie d'à côté pour m'offrir quelques poignées de sels de bain aromatisés aux senteurs gourmandes, ou même, s'ils en ont, au vivifiant parfum de la mer Morte.

Aguichée à l'idée de cette relaxation aquatique, je pénètre dans la boutique et trouve immédiatement les cristaux convoités. Mes nioutes vont certainement m'en piquer, alors je choisis pour elles, sur l'étagère du dessus, un pot de perles de bain joliment nacrées. (Dans lequel je piocherai aussi en douce, il n'y a pas de raison.)

Au moment de régler, la vendeuse, une grande gigue rousse au sourire mielleux, ajoute dans le sac aux couleurs de la marque quelques échantillons de parfums à tester.

Je la remercie sans y penser en rédigeant mon chèque, et, une fois dans la rue, me hâte de rentrer.

Mais à peine ai-je fait quelques mètres que Chochana rencontre son copain Rexounet le yorkshire, et les voilà qui se saluent museaucalement, inspectant avec avidité chaque recoin de leurs organes génitaux mutuels.

La position qu'adopte ma clebs est un peu gênante, elle s'est allongée sur le dos toute pattes écartées, offerte docilement à la truffe d'un petit velu excité frétillant de la queue. (Cette chienne est une vraie chienne.) Aussi j'esquive le regard de la vieille voisine à qui appartient le nain lubrique. Un rapide signe de tête pour la saluer, et vite, je me consacre à la découverte des fragrances gratuites glissées dans mon sac.

Plongeant la main à l'intérieur, j'en ressors trois échantillons, que j'inspecte avec curiosité.

Le premier est un minuscule tube de soin coup de jeune contour des paupières. Aucun intérêt, je le laisse retomber dans le sachet. Le deuxième est un petit flacon, cette fois rempli de soin antirides contour des lèvres. Agacée, je le lâche à la suite de son inutile jumeau. Le troisième, vous allez rire, est un spray miniature contenant un sérum anti-âge aux agents liftants.

Je t'en ficherais, moi, des agents liftants.

De mauvaise humeur, à défaut de ma peau je tire la laisse de ma Choch', mettant un terme brutal à ses extases canines. Les amants n'ont même pas eu le temps d'échanger leur numéro de tatouage que j'avance d'un pas énervé vers la maison, après avoir envisagé un bref instant de retourner à la parfumerie rapporter ses échantillons à la vendeuse et les lui étaler sur les dents.

Non, calme-toi ma fille. J'ai une autre idée, je vais faire mieux que ça : je vais la jeter en pâture au *serial killer* de mon nouveau roman. La prochaine victime qu'il zigouillera aura les traits de cette morue. Ça lui apprendra à faire la différence entre une peau jeune et une peau mature.

Ah oui, ça c'est un truc que les lecteurs ne savent pas : les auteurs de thrillers détestent trucider leurs propres personnages. Alors, pour se faciliter les choses, ils s'inspirent des gens de leur entourage qu'ils détestent, et, sur la page blanche, laissent libre cours à toutes leurs pulsions.

Et les maîtres de l'épouvante sont souvent de petites choses très susceptibles.

Tenez, par exemple, j'ignore le nom du collègue romancier qui a osé dire à Stephen King qu'il n'avait aucune imagination, mais voyez un peu combien le King s'est acharné à lui prouver le contraire, dans *Misery*...

Après avoir tapé le code, je pousse la grille de ma résidence.

Perchés sur les grands arbres qui bordent la cour, des oiseaux s'égosillent de chants qui m'apaisent.

J'adore le contact avec la nature.

Enfin, avec ce qu'on peut trouver comme nature à Paris, c'est-à-dire des pigeons gris poussière couleur locale, des platanes aux feuilles saturées de gaz carbonique, et une population d'animaux domestiques amorphes. Et aussi ma voisine de l'immeuble à côté, Mme Agazinsky, une éleveuse de chats un peu baba cool, adepte de bio, mais qui ne cultive pas grand-chose à part ses propres poils sous les aisselles.

Tiens, j'aperçois la fille du gardien, une jeune adolescente en train de discuter avec un groupe d'amis de son âge. Ça tombe bien, j'attends un colis et je cherche son père pour savoir s'il l'a reçu.

– Hello, les gars ! je lance, joyeuse et me sentant parfaitement dans le coup.

Adossé contre le mur de l'immeuble se tient un grand échalas aux cheveux en épis décolorés, qui porte un treillis si large qu'il laisse apparaître l'élastique d'un caleçon à carreaux bleus. Me voyant avancer, il attrape le casque audio surdimensionné qu'il avait autour du cou et le place sur ses oreilles. Puis il active un minuscule boîtier placé dans sa poche, inondant ses tympans d'une musique rythmée. À ses côtés, une fille avec une tête de bébé et un anneau planté dans l'arcade sourcilière évite mon regard, dégaine son portable et se plonge dans la rédaction d'un texto. Une dernière gamine, toute petite blonde avec une mèche bandeau qui lui barre le front, moulée dans un jean ultra serré et portant des escarpins noirs à bouts pointus et à talons aiguilles, se perd dans la contemplation de ses nombreux bracelets pavés de strass.

Mélanie, la fille du gardien, d'habitude aimable et enjouée, répond d'un grommellement inaudible à mon salut.

C'est dingue comme elle a grandi, cette gosse. Je me souviens que, hier encore, sa mère et moi nous engueulions quand elle garait la poussette de sa fille au rez-de-chaussée, bloquant le passage dans l'entrée. À ce souvenir, une bouffée de nostalgie m'étreint le cœur.

– Ça va Mélanie ? Dis-moi, je suis en train de réaliser, là, qu'est-ce que tu as grandi quand même, tu es devenue une vraie jeune fille.

La vraie jeune fille en question se décompose, mais je suis lancée et je ne m'en aperçois pas.

– Ça te fait quel âge, maintenant ? Non mais mine de rien, tu te rends compte que je t'ai connue toute petite ? Tu étais tellement mignonne, avec tes couettes dorées et...

La blonde à la mèche bandeau pouffe en la montrant du doigt.

– Wouah, zyva, la tehon...

La tehon ? Ah oui, « la honte ». Le verlan, parler à l'envers, pff, tout ça je connais, les ados d'aujourd'hui n'ont pas inventé l'eau chaude, de mon temps on... Pardon, désolée, je ne sais pas ce qui m'a pris, j'ai failli penser comme une retraitée. Je voulais dire « à mon époque ». Ou plutôt, « quand j'étais jeune ». Raah, non ! Je suis toujours jeune. Bah, et puis tout cela n'a aucune importance, que ce soit à l'époque de ses quinze ans ou des miens, le verlan ça pue toujours autant des pieds. Voilà. Toc. Rebelle attitude. Comme quand j'étais... RAAAH merdoum.

Je regarde la petite toute gênée, avec ses copains. Et puis je réalise que chaque fois qu'on se voit, mon oncle Max, alias le frère jumeau de ma mère, se fend d'un fort peu distingué (mais tout aussi nostalgique) « Et dire que je t'ai torchée... », qui a le don de me mettre hors de moi.

Selon ma mère, il n'a changé qu'une seule fois mes couches, mais visiblement ça l'a marqué.

Je crois que j'ai gaffé avec les couettes (non, les « tecoué ») de Mélanie.

Histoire de faire diversion, j'avise alors son copain qui dodeline de la tête au son d'une musique dont je ne perçois que les basses. Munie de mon attitude la plus cool, j'engage la conversation :

– Ça a l'air bonard, cette musique !

Il se tourne vers moi, l'œil atone.

– Hum ? lâche-t-il en soulevant une partie de son casque, afin de permettre à son oreille d'entendre ce que je vais devoir répéter.

– Laisse-moi deviner. Tu écoutes Madonna ? Kylie Minogue ?

Il jette un regard à ses copines, l'air de se demander d'où je sors.

– Ah oui, non, c'est vrai, excuse-moi. Tu dois écouter un son qui groove plus comme... heu... Justin Timberlake. En passant, je kiffe grave son dernier clip, yo ! dis-je en me demandant si je glousse, où si je ne traduis pas directement mon hilarité en langage SMS, par un « lol » bien amené.

En appui sur une jambe, je glisse une main dans la poche de mon jeans (moulant lui aussi, mais plus par la force des choses que par sa coupe initiale), toute fière de ma grande culture en musique de j... contemporaine.

Puis je réalise que ça fait un moment que je n'ai pas entendu la Chochouille. Et celle-là, quand elle est calme et silencieuse, c'est qu'elle est en train de ruiner quelque chose.

Bingo, je l'aperçois allongée dans l'herbe, mâchouillant consciencieusement un truc indéterminé à tendance immonde.

– Chanmé ta zinevoi Mel, truc de ouf ! Téma comment elle m'a trop pris pour un bouffon, elle croit que j'écoute cette baltringue de TimberCake, portnawak. Sérieux, ça m'a gavé, j'm'arrache. Tchao les bitchs.

Tandis que le garçon s'éloigne, d'un pas nonchalant et vaguement chaloupé (il boite d'une jambe, manifestement pour se donner un style. Heu... un style infirme ?), je me penche vers Mélanie, et lui demande d'un ton complice :

– Dis, j'ai pas tout suivi... il a dit quoi, après chanmé-qui-veut-dire-méchant ?

Les trois filles me font à présent face, littéralement consternées.

Mélanie semble furieuse du départ de son porc-épic décoloré, mais elle prend sur elle pour rester courtoise. (Sinon, elle sait bien que je vais le dire à son père.)

– Vous vouliez quoi, en fait, madame Davidson ?

– Oh ! Tu peux m'appeler Anouchka, mon canard. Je te rappelle que je te connais depuis que tu es toute pet... heu...

– Oui, donc madame Davidson, vous vouliez quoi ?

– Juste savoir où est ton père, je le cherche pour...

– Il est pas là, sa loge est fermée. C'est l'heure de sa pause déjeuner.

Elle ajoute, lentement, à la façon dont elle s'adresserait à une demeurée :

– Comme tous les jours, à l'heure du déjeuner.

– Oh oui, suis-je bête, où avais-je la tête, ah-ah !

J'entends une de ses copines murmurer à l'oreille de l'autre un truc à propos d'Alzheimer, mais elles détournent le regard lorsque je fronce les sourcils.

Bon, eh bien il est temps pour moi de rentrer, maintenant.

Je m'éloigne en les saluant d'un signe de la main, auquel elles ne répondent pas.

Sales gosses, va. Moi, quand j'avais leur âge… raaah, mais tais-toi, cerveau !

Arrivée devant mon immeuble, je glisse ma clé magnétique dans la serrure, pousse la lourde porte, avant de faire une halte devant ma boîte aux lettres pour récupérer le courrier.

Entre deux factures et trois prospectus, apparaît une jolie enveloppe blanche, large, ornée d'une écriture manuscrite toute en arabesques.

Je la décachette, curieuse. Eh, super, enfin une correspondance qui ne m'a pas été envoyée pour solliciter mon porte-monnaie !

Quoique. Il s'agit d'une invitation au mariage de ma cousine Charlotte.

Ah ben elle va finir par l'épouser, finalement, son grand amour d'ingénieur.

Quel couple, ces deux-là, n'empêche. Si fusionnel, si enflammé. Quatre ans déjà qu'ils incarnent aux yeux de toute la famille la passion à l'état brut. Et puis c'est comme si le destin avait poussé le raffinement jusqu'à accorder leurs deux prénoms. Ainsi, Charlotte épouse un Charles. Ça aurait pu être ridicule, mais en réalité, je trouve cela follement romantique.

Enfin, à condition qu'ils n'appellent pas leurs gosses Charly ou Charlène.

Parce que sinon, bonjour la famille de Charlots.

Manque de pot, je vais certainement devoir décliner : ils n'organisent pas leurs épousailles à Paris mais à des centaines de kilomètres d'ici, bien trop loin pour y aller en train. Et comme Aaron a une peur panique de l'avion, je ne vais pas pouvoir m'y rendre. Si j'y vais seule, toute la famille va me saouler de questions paranos à propos de mon couple…

Aaah, c'est dommage, vraiment.

Un coup de clé dans la serrure, à peine ai-je fait un pas dans mon appartement que bing ! Retour à l'état normal, tout le monde se met à l'aise.

Je retire la laisse de ma chienne d'une main, tout en dégrafant mon soutien-gorge de l'autre.

Mes trois bestioles, désormais libérées de leurs entraves, s'en vont baguenauder joyeusement autour de moi.

L'une d'elles se dirige vers le lino de la cuisine, s'accroupit, et, sous mes yeux ébahis, fait un petit pipi tout en affichant un air d'innocence adorable. Ses grandes billes noires ourlées de longs cils bruns semblent se justifier : « Ben quoi, c'est la nature ? »

Précisément, Capitaine Cradoc, la nature, tu y étais il y a cinq minutes, en bas de l'immeuble.

En même temps, peut-on reprocher à un animal, dont le comportement est dicté par l'instinct, de ne pas reconnaître la « vie sauvage » parmi trois brins d'herbe recouverts de fientes d'oiseaux perdus au milieu de kilomètres de trottoirs incrustés de voitures ?

Moi-même, ça fait rudement longtemps que je ne l'ai pas vue, la nature. Enfermée que je suis entre quatre murs, enchaînée à mon clavier toute la journée, à imaginer toutes sortes d'histoires tordues dont vous vous délecterez, mollement allongés sur une plage, bercés par le bruit des vagues, enivrés du parfum subtil de l'air imprégné d'iode.

Très différent de l'air que je respire actuellement, penchée au-dessus d'une flaque jaune que j'éponge avec du Sopalin, avant de l'achever d'un coup de lingette gorgée d'eau de Javel.

À la base, il me semble pourtant que j'avais adopté un animal de compagnie, pas une Calamity Chienne.

Enfin, quand je dis « j'avais adopté », je devrais préciser « sous la contrainte, les supplications de mes grumeaux, et leurs promesses de rangement de chambre à tout jamais et de façon nickel », qui ont duré très exactement... juste le temps que je cède.

Un coup d'œil sur leur territoire suffit à m'en convaincre.

Comment décrire ce que j'ai sous les yeux ?

Mieux vaut y renoncer, surtout qu'il me suffit de tourner la tête pour contempler autour de moi l'ampleur des tâches ménagères qui m'attendent : vaisselle sale empilée dans l'évier, machines à laver en retard, montagne de repassage qui menace de s'effondrer, poussière qui nargue l'aspirateur...

Bien sûr, inutile de compter sur l'aide du mari. Car comme il aime à le souligner, c'est déjà magnanime de sa part de supporter tout ce désordre dans son lieu de vie.

Un bordel qu'il contemple l'air désolé et absolument pas concerné. Cet homme a bien saisi le concept de ne pas se mêler des affaires des autres. Il l'a juste étendu aux siennes aussi.

Mariez-vous, r'mariez-vous, qu'ils disaient.

Mon dos s'affaisse, et je pousse un soupir.

C'est fatigant, à la longue, toutes ces corvées sur mes épaules.

À quoi ont servi finalement les cours de danse classique que mes parents m'ont donnés quand j'étais petite fille ? À me faire croire que la vie ne serait plus tard qu'un long ballet ?

Qu'un long balai, oui !

Ils m'y auraient mieux préparée en me payant plutôt des stages d'haltérophilie.

Ou de jonglage.

C'est dingue, cette histoire, quand même.

En un clin d'œil, je suis passée du statut de princesse virevoltante dans les bras d'un souverain, à citrouille tout juste bonne à lui faire la soupe.

Et il n'est même pas minuit !

Il n'est même pas minuit, hein ? Ben non, mon horloge biologique est formelle, elle indique bien qu'il est à peine trente-six ans, donc je suis supposée être encore jeune, belle et insouciante.

Et pourtant, il semblerait que je sois soudain devenue, depuis quelques mois, aussi tendance qu'une botte de radis. Une botte pleine de terre, hein, pas un joli soulier de vair.

Mouais. Je crois qu'en y réfléchissant, tout cela coïncide avec l'entrée de Chloé au collège.

Mon premier bébé, qui prend le chemin de l'adolescence. Alors qu'avant, pendant longtemps, l'ado, c'était moi.

Une teenager avec des lardons, certes, mais une teenager quand même, qu'on prenait parfois pour leur baby-sitter, qui portait des Converse, des queues-de-cheval, qui plaquait son job sur un coup de tête parce qu'il constituait juste un entraînement avant de trouver le bon, qui se disait qu'elle apprendrait à cuisiner plus tard, quand ses nourrissons auraient des dents, qui faisait du sport sans être trop essoufflée, qui avait des copines célibataires et toujours dispos pour sortir, pour qui la quarantaine n'était qu'un vague concept abstrait (comme la retraite), bref, une jeune demoiselle qui avait trouvé son mec mortel, mais qui était encore une jeune demoiselle...

À quel moment exactement me suis-je arrêtée de grandir, et ai-je commencé à vieillir ?

L'autre jour, dans le bus, j'entendais, assises derrière moi, deux filles se raconter la nostalgie de leur enfance dans les années 90.

J'ai haussé un sourcil.

Mais elles étaient quoi, des fœtus, dans les années 90 ? Ces années-là, c'était il y a peine... six ou sept ans, non ?

Non. C'était il y a quasiment vingt ans.

Putaing, vingt ans déjà !

Ça veut dire que ma jeunesse à moi dans les années 80, c'était il y a presque trente ans ? !

Vite, appelez les Ghostbusters ! Je suis tombée dans une faille spatio-temporelle, on m'a piqué plein d'années et je ne m'en suis même pas rendu compte !

OK, j'avais bien noté quelques changements dans mon quotidien, comme la disparition du téléphone fixe à cadran (avec une vraie sonnerie qui fait « driiing ! », obligeant à attendre l'appel en restant à côté, et à décrocher sans savoir à l'avance qui est au bout du fil), du ticket de métro jaune à bande marron (t'avais le ticket chic ? j'avais le ticket choc !), des 45 tours en vinyle, des polycopiés qui sentaient délicieusement l'alcool, du Minitel avec son clavier marron et son unique touche verte (qui émettait ce petit bruit suraigu détestable quand il se connectait), de la télé en noir et blanc, de la machine à écrire à ruban encreur (j'ai longtemps utilisé celle que m'avait offerte mon grand-père, avec les touches qui frappaient le papier en claquant, et le petit levier situé au bout du rouleau qu'on devait actionner chaque fois pour revenir à la ligne), des larges disquettes noires et souples 5''1/4 à glisser dans l'ordinateur, possédant une ébouriffante capacité de stockage de 360 Ko (pour donner une idée, il aurait fallu une quinzaine de ces disquettes pour contenir le volume d'une seule chanson !), des francs (là, c'est surtout mon porte-monnaie qui pleure d'amertume), et des cheveux sur la tête d'un certain nombre de célébrités, remplacés depuis par du synthétique.

Ça va, hein, je ne suis pas Hibernatus non plus.

C'est juste que tout cela s'est passé si… vite !

Et me voilà aujourd'hui, après toutes ces années à m'interroger sur quelle vie exaltante serait la mienne, en train de consacrer l'intégralité de mes facultés intellectuelles à trancher entre : attaquer le repassage tout de suite, ou lancer d'abord une lessive.

Et comme je suis vraiment douée, je n'ai pas pu garder la femme de ménage que j'avais employée il y a quelque temps de cela. Je culpabilisais trop de la savoir travailler à quelques mètres de moi.

Constamment, je quittais mon bureau et allais lui demander : « Ça va ? Vous ne manquez de rien ? Un petit verre d'eau, peut-être ? » Du coup, non seulement mon boulot n'avançait pas, mais elle de son côté se croyait surveillée.

J'ai fini par ne plus la rappeler, irrémédiablement contaminée par les siècles d'asservissement domestique inscrits dans mes gènes, ne supportant plus de côtoyer la preuve vivante de mon incapacité à tenir ma maison. Quand bien même c'était par faute de temps, ladite maison étant également mon lieu de travail.

My name is Gourde. Grosse Gourde.

Je crois qu'il faut se rendre à l'évidence, et parer d'abord au plus pressé.

À ce stade, la meilleure façon d'oublier mon horrible bordel est encore de me plonger dans l'écriture d'une histoire horrible.

Eh bien vous savez quoi ?

J'y vais de ce pas.

4

Panique à bord, boulot en retard

Le succès, c'est juste une question de chance, tous les ratés vous le diront.

Earl Wilson

Une moue déterminée se peignit sur son visage. Il était hors de question qu'Allan débarque chez elle.

Elle se leva d'un bond, saisit un blouson suspendu au portemanteau, et sortit en claquant la porte.

Trois heures plus tard, la nuit était tombée, et une pluie dense rafraîchissait la ville.

Les étoiles semblaient éteintes, voilées par de lourds nuages gris. Dans la rue, les passants hâtaient le pas, trop pressés pour éviter les flaques, recroquevillés sous leur parapluie.

Revenue de chez son amie Jenny, chez qui elle avait passé un long moment à se confier autour d'une tasse de café, Rebecca, transie et ruisselante, glissa la clé dans la serrure puis pénétra dans son appartement.

L'ampoule de l'entrée était grillée, elle n'avait pas eu le temps de la changer.

Alors, dans une semi-obscurité, elle déboutonna sa veste trempée qu'elle jeta négligemment sur la moquette. En se dirigeant vers la salle de bains, elle retira son pull, son jean humide, ses sous-vêtements, qu'elle abandonnait au fur et à mesure à ses pieds, tel un strip-tease improvisé.

Elle passa la main dans la cabine de douche pour régler la température du jet, et attendit que l'eau soit suffisamment chaude pour se glisser dessous.

Le fouet des gouttes brûlantes sur sa peau acheva de la détendre. Elle massa son crâne avec délice, et pensa à Allan, qui avait dû faire une drôle de tête en trouvant porte close.

Au loin, elle perçut un fracas suivi d'un grondement sourd. Un orage. Pas étonnant, à cette période de l'année. Décidément, elle avait bien fait de rentrer.

Elle ferma les yeux, offrant son visage au massage énergique de cette pluie bienfaisante, qui la réchauffait jusqu'aux os.

Soudain, des doigts inconnus tirèrent brutalement le rideau

Non, non, NON.

Déjà que les critiques m'allument régulièrement la tronche en pointant les multiples références hitchcockiennes de mes thrillers, leur donner une scène comme ça, c'est leur offrir l'encre pour que leur stylo me batte.

Non, enlève les doigts, pas maintenant les doigts, range-moi ces doigts.

Elle ferma les yeux, offrant son visage au massage énergique de cette pluie bienfaisante qui la réchauffait jusqu'aux os.

~~Soudain, des doigts inconnus tirèrent brutalement le rideau.~~

Après tout, que lui importaient les états d'âme de son ex-petit ami ? Il finirait bien par l'oublier…

Elle coupa l'eau, sortit et se sécha le corps soigneusement.

~~Machinalement, elle pinça la cellulite qu'elle avait sur la cuisse, et poussa un soupir.~~ Le miroir embué lui renvoya le reflet d'une silhouette avantageuse, à laquelle elle ne prêta pas attention.

Vêtue d'une culotte en coton et d'un long tee-shirt blanc, elle entreprit, à l'aide d'une serviette, d'éponger son opulente chevelure qui, telle une cascade de perles brunes, dégoulinait sur ses épaules.

Tiens, ça me fait penser qu'il faut que je prenne rendez-vous chez le coiffeur. J'ai pris ou pas rendez-vous, déjà ? Me souviens plus… faut que j'aille vérifier sur le grand calendrier affiché dans la cuisine.

Trop la flemme de me lever maintenant. J'irai tout à l'heure, en allant me chercher un truc à grignoter. Mieux, je vais m'envoyer un e-mail, pour ne pas oublier d'aller regarder le calendrier à l'autre bout de l'appart.

Heureusement que je suis là pour penser à tout, dans cette maison.

La jeune femme s'approcha de la fenêtre. La pluie battante éclaboussait les carreaux. Toute cette histoire entre Allan et elle avait pris de telles proportions…

Elle se perdit dans la contemplation des lumières de la ville qui scintillaient au loin.

Un éclair déchira l'obscurité qui avait envahi la pièce.

Rebecca frissonna.

J'aime bien le coup de l'orage, c'est flippant à souhait, ça donne une chouette ambiance au récit. Bien joué, ma fille.

Se penchant sur le côté, elle alluma une lampe d'inspiration ~~suédoise~~ japonaise, qui diffusa aussitôt dans la pièce une lumière douce et tamisée.

– Bonsoir, Rebecca.

Elle sursauta et ~~se mit en position de défense~~ ne put réprimer un cri de frayeur.

Surgi de l'ombre, Allan se tenait derrière elle, la surplombant de sa haute stature.

Il souriait, d'un air énigmatique.

– Co... comment es-tu entré ? bredouilla-t-elle en lui faisant face, le cœur battant à tout rompre.

– Par la porte, dit-il en agitant lentement un trousseau devant son visage. J'ai toujours le double des clés que tu as oublié chez moi...

Elle se jura de faire changer les serrures à la première heure, le lendemairefvrfqweswrffffff
ffffffffffffffffffffffffffffffffffffffffffffffffffffffffffff
ffffffffffffffffffffffffffffffffffffffffffffffffffffffffffff
ffffffffffffffffffffffffffffffffffffffffffffffffffffffffsvff
fdfdvvfd erfcefgvdfjuhkrfg

Lùl ; : ; : ;,vxcf

OH PURÉE CHOCH' NOOOOON !!!!!

Dégage, ouste, panier !! Rhoo, putaing de bordel de sale chienne pourrie, regarde un peu ce que tu as fait avec tes pattes sur mon clavier !!!! Je te préviens, si tu m'as effacé QUOI QUE CE SOIT, je retourne à la boutique où je t'ai achetée et je t'échange contre une tortue !

(Petite musique chiante.)

Voila, mon portable, maintenant.

Attends, je regarde qui c'est… Zut, mon éditrice.

Je décroche ? Je ne décroche pas ?

Allez, je ne décroche pas.

C'est vrai, je pourrais parfaitement être aux toilettes, par exemple. Et c'est une question de bienséance : je ne réponds jamais au téléphone quand je suis dans les W-C.

En plus, comme ça résonne, je me fais immédiatement gauler.

Bon.

Bon.

Bon, il vient, ce petit « bip » à la fin de son message, ou bien elle raconte sa vie à mon répondeur ?

Elle raconte sa vie à mon répondeur.

En fait, je sais déjà ce qu'elle veut : savoir où j'en suis dans mon texte, me rappeler que je suis super en retard pour le rendre, vérifier que j'y vais bien franco sur les détails gore, tout en soulignant combien je suis super en retard pour le rendre.

C'est qu'il y a des délais à respecter, dans la création littéraire.

Le problème, c'est qu'il y en a aussi dans la gestion du remplissage du frigo.

Et entre supporter une femme qui râle au téléphone parce qu'elle n'a pas son chapitre, et un homme qui râle dans mon lit parce qu'il n'a pas ses yaourts, mon choix est vite fait.

Mais bon, je l'aime bien, Elsa.

Elsa Marcy, de son nom complet, est mon éditrice depuis mes débuts, il y a déjà, pff, presque douze ans, déjà.

Que de temps écoulé depuis la publication de ce premier thriller, un succès inattendu qui a pris tout le monde de court. Je me rappelle encore de ma panique face aux caméras, de mes bourdes en interview, de mon absence totale de repartie face aux questions intrusives des journalistes.

Je m'en rappelle encore, parce que douze ans après, ça n'a pas changé d'un pouce.

C'est Elsa qui a eu très vite l'idée de me façonner ce personnage de brune mutique, inquiétante et profonde, qui a en quelque sorte sauvé ma vie médiatique du ridicule en me donnant l'image d'une fille mystérieuse et complexe. Ce que mon père, fin psychologue, résume assez prosaïquement par : « L'âne qui se tait se fait passer pour un savant. »

Il faut dire qu'elle est dotée d'une sacrée personnalité, Elsa, en plus d'un physique très particulier, qui fait qu'on la remarque immédiatement car…

(Bip.)

Ah, ben quand même.

Bon, je l'écouterai me demander de me presser quand j'aurai une minute, parce que là, je suis en plein rush.

Les cheveux et les vêtements du garçon étaient parfaitement secs. Il devait l'attendre ici depuis des heures.

Dehors, le tonnerre gronda.

Allan fit un pas vers elle, sans la quitter des yeux. Cette fois, il ne souriait plus.

(Petite musique chiante.)
Oooooooooooooooh purée, c'est qui, maintenant ? !
Arf. C'est Clotilde, ma copine styliste.
Désolée, poulette, je peux pas te prendre maintenant, je suis en plein milieu d'une scène.
(Bip.)
Oui, c'est ça, vas-y, braille « Rappelle-moi, chiennasse ! » sur mon répondeur…

Quel était l'éclat sous sa veste qu'elle avait aperçu, furtivement, lorsqu'il s'était avancé ?

Était-ce une… arme ?

Rebecca fit un effort considérable pour ~~ne pas s'évanouir~~ masquer la sourde angoisse qui l'étreignait sous une apparente désinvolture.

– Bon, eh bien, puisque tu es là, que dirais-tu d'aller manger un morceau dehors ?

Il fallait qu'elle le fasse sortir, qu'elle ne reste pas seule avec lui.

Le garçon cligna des yeux, surpris par sa proposition.

– ~~Ah ! Ah ! On ne me la fait pas, à moi !~~ Tu veux… aller dîner avec moi ?

– Laisse-moi juste le temps de passer un truc plus habillé, et on y va.

Sans attendre sa réponse, elle se dirigea vers sa chambre, d'où elle ressortit moins d'une minute plus tard vêtue d'une longue jupe multicolore d'inspiration gitane, et d'un gilet en maille noir.

Ses cheveux étaient coiffés en queue-de-cheval haute et un soupçon de rose, provoqué par la fraîcheur de la nuit, avait coloré ses joues.

Allan n'avait pas bougé. Il continuait de la fixer de son regard étrange.

– Il faut vraiment que je te parle, Rebecca…

Un éclair illumina la pièce, suivi par un prodigieux coup de tonnerre.

La jeune femme réfréna une envie de hurler. Depuis toujours, les orages la terrifiaient, et rien que l'idée de quitter l'appartement pour s'y exposer lui donnait la chair de poule.

Prenant sur elle, l'étudiante grimaça un sourire :

– Ventre affamé n'a pas d'oreilles, allez viens, tu me parleras plus tard.

Elle saisit son sac, ouvrit la porte et s'engouffra dans le couloir.

Il la suivit, attrapant au passage le parapluie qu'elle avait oublié.

OK, et maintenant ils font quoi ?

Ils vont bouffer, ou ils entament un combat à coups de pépins dans l'ascenseur façon *Highlander* ?

En parlant de bouffer, je commence à avoir la dalle. Et si je me faisais livrer des sushis ?

Sans déconner, pourquoi est-ce que je fais semblant de me poser la question ?

Je me fais livrer des sushis tous les jours.

Au restaurant, le type qui prend la commande est devenu mon meilleur ami : je n'ai même plus besoin de préciser

« sans mayonnaise, et avec de la sauce sucrée, s'il vous plaît », il se fait un plaisir de réciter la formule lui-même.

Ma vie est pathétique.

Et ce roman à terminer... allez, on sait tous comment ça va se finir : il va y avoir des scènes hyper dégueu, ses copines de fac vont se faire tronçonner façon *california rolls*, mais Allan ne va pas tuer Rebecca car le méchant, en fait, c'était pas lui, c'était la prof de lettres de sa copine (une psychotique), folle (et) amoureuse d'Allan, qui a semé un climat de terreur sur le campus pour qu'on ne la soupçonne pas et pour se débarrasser de sa petite amie dans la foulée. Bien sûr Rebecca va s'en sortir, il va évidemment y avoir un retournement de situation à la fin (le meilleur ami d'Allan était complice ! Il en voulait à Becky de lui voler son pote et espérait au passage choper la prof psychotique qu'il désirait sauvagement pendant les cours).

Et comme les précédents opus, ça va encore être adapté au cinéma et faire un carton. Pfff.

J'aimerais tellement changer la façon de raconter mes histoires, parfois. Être plus... comment dire... plus « vie quotidienne » ?

Là maintenant, qu'est-ce qui se passe ? (Coup d'œil sur mon synopsis.)

La scène du restaurant italien, sur la 53e Rue.

Non, on va dire la 54e Rue Est.

Ou peut-être la 28e Rue ? Allez, on y va au pif, les lecteurs ne vérifieront pas de toute façon. Donc, ils dînent ensemble, très bien... échange de regards, attitudes ambiguës, description de vêtements, ambiance dans la salle, waouh, on s'éclate.

Et tiens... imaginons que Rebecca, mon héroïne, se comporte pour une fois comme une vraie femme. Je veux dire, une vraie femme de mon entourage. Ça pourrait être… ben tiens, comme ma copine Clotilde, par exemple, une blonde à faible poitrine qui ressemble à une branche d'arbre. Normal, elle a exactement la même alimentation : de l'eau et du vent.

Avec elle dans le rôle de Rebecca, ça donnerait un truc comme ça :

Allan poussa la porte de *Chez Gino's*, la meilleure pizzeria de la ~~65e rue~~ 28e Rue, passant galamment devant Rebecca pour lui ouvrir le passage.

La salle du restaurant était bondée.

À peine venaient-ils de s'asseoir derrière une de ces tables si typiques (des restos à gogos), recouverte d'une nappe blanche à carreaux rouges, qu'un serveur surgit pour prendre leur commande.

Devant la carte, Rebecca fit mine d'hésiter entre des tagliatelles carbonara et une escalope milanaise, avant de se laisser tenter, gourmande, par une délicieuse salade verte.

Allan, plongé dans la contemplation du menu, choisit tout naturellement un plat de spaghetti bolognaise.

Autour d'eux, d'autres couples savouraient leur repas, au son de l'accordéon d'un vieux musicien qui massacrait un air traditionnel en passant de table en table.

Très vite, on apporta leurs assiettes. (Les serveurs mettaient le turbo, ils avaient comme consigne de libérer les tables rapidement pour faire du chiffre.)

Le jeune homme, qui s'était lancé dans de grandes explications sur son comportement, agitait sa fourchette avec vigueur en essayant de convaincre Rebecca. Il vit l'intérêt de la jeune fille grandir pour lui à chaque bouchée de pâtes brûlantes qu'il engloutissait.

Fort de son intuition masculine, il mit ce regard affamé fixant sa bouche pleine de sauce tomate sur le compte de son irrésistible sex-appeal.

Et il en fut grandement flatté.

Cette fois, il en était sûr, elle allait lui revenir.

Rebecca ne le détrompa pas. Mieux valait le laisser penser que si ses mains tremblaient, c'était d'émotion d'être assise en face de lui, et non d'hypoglycémie.

Au moment du dessert, elle détourna les yeux du chocolat liégeois qu'il enfournait en la contemplant amoureusement, et se concentra sur son café (sans sucre).

Elle luttait contre ses sentiments, c'était visible, interpréta-t-il, irradiant de fierté.

En la raccompagnant, Allan, qui avait sans doute encore faim, la serra tendrement dans ses bras et tenta de goûter à son rouge à lèvres.

Rebecca, qui avait repéré une petite trace de sauce tomate sur la commissure de ses lèvres, n'hésita pas et lui goba la figure.

Sa tension avoisinant les huit, elle se laissa aller dans les bras du jeune homme, qui la souleva de terre et la porta jusqu'au seuil de son appartement, puis jusqu'à sa chambre.

Becky, soudain très volubile, se mit à parler fort.

Il prit cela pour un dérèglement des sens, un affolement de la raison, un combat contre son désir, car elle devait vouloir donner encore un peu le change avant de lui céder.

En réalité, son bavardage assourdissant était juste destiné à masquer le bruit de son ventre qui gargouillait.

Je lève les mains de mon clavier et me relis en souriant. Puis j'ajoute :

Aux premières lueurs de l'aurore, elle se leva, s'habilla sans faire de bruit et sortit de chez elle, pour fuir le petit déjeuner avec Allan.

Elle ne voulait pas qu'il la contemple en train d'ingurgiter cinq chaussons aux pommes, tout en se perfusant de chocolat chaud par les trous de nez.

Il aurait risqué de se demander ce qui était arrivé à la jeune fille qui, hier encore, chipotait pensivement les graines de sésame sur son petit pain.

Même pas en rêve.

Elsa risque de faire une syncope, en lisant ça.

Maintenant que je suis cataloguée « romans qui fichent les jetons », impossible d'en sortir. Quand on passe son temps à zigouiller des gens, après on est moins crédible pour trousser des fables humoristiques, singer Barbara Cartland, ou publier des comptines destinées aux maternelles.

À la limite, je pourrais toujours prendre un pseudo... mais rien que l'idée d'avoir à tout recommencer depuis le début, à reconquérir un public, à être traitée comme une débutante par les libraires qui ne me (re)connaîtront pas, m'est douloureuse.

Je me lève, et me rattrape de justesse après m'être pris les pattes dans une paire de chaussures qui traînait. Me revient alors en mémoire cette anecdote vécue le jour de leur achat.

J'avais hésité à les prendre, en disant à la fille de la boutique qui m'aidait à les essayer, espérant être rassurée : « Elles me plaisent, mais j'ai peur qu'elles fassent un peu jeune... »

Et qu'est-ce qu'elle avait répliqué, cette morue ? « Vous avez raison, je vais chercher un autre modèle. » Non mais tu ne veux pas m'indiquer directement l'adresse d'une bonne boutique de pantoufles orthopédiques, vendeuse de mes deuze ?

Du coup, ça m'avait décidée. Mue par la petite musique de cette fameuse pub de cosmétiques : « Je fais ce que je veux. Avec mon blé-heu », j'avais posé fermement les ballerines multicolores sur le comptoir, et déclaré d'un ton sans réplique : « Je les prends. »

Et me voilà, debout dans la salle de bains, en train de scruter le miroir à la recherche de réponses dont je ne sais même pas formuler les questions.

J'approche mon nez de la glace, écarquille les yeux, retrousse mes lèvres, observe mes dents (surtout les trois du fond avec des couronnes), pince ma joue un peu molle, tapote ma pommette, la remonte vers la tempe, tire ma frange en arrière pour constater la prolifération de racines blanches (un tour chez le coiffeur s'impose d'urgence), je recule, contemple l'ensemble, soupèse ma poitrine trop lourde, presse mon bourrelet ventral, tente de l'effacer en contractant les abdos (sans grande différence visible), puis je rencontre à nouveau mon regard, et c'est alors que soudain, je la vois.

Non, ce n'est pas possible.

Je retire mes lunettes, et colle cette fois complètement mon nez contre le miroir. Là, ici, avec ses petites sœurs. J'accentue une expression euphorique jusqu'à la grimace, pour bien les faire apparaître : mes premières petites rides, au coin des yeux.

Stupéfaite, je recule, mon visage redevient flou, je remets mes lunettes, les pattes d'oie me sautent aux yeux.

Pourquoi, oh oui, pourquoi ne me suis-je pas tartinée de crème antirides quand il en était encore temps ? !

Sans doute parce que j'ai une peau si réactive que la moindre crème appliquée sur mon visage déchaîne le bourgeonnement de mes pores. Envie de rajeunir, certes, mais pas au point de ressembler à ce que j'étais adolescente.

Dépitée, je vais m'effondrer sur le canapé du salon, où je reste allongée sur le ventre, les bras le long du corps, immobile, en totale léthargie.

Parler. Il faut que j'en parle à quelqu'un de confiance. Mais à qui ?

À mes copines, qui sont pour la plupart un peu plus âgées que moi, et qui vont commencer à se plaindre à ma place ? À ma mère, qui va me conseiller de cacher mes complexes derrière une bonne écharpe bien chaude ? À mon père, qui va me répondre pince-sans-rire que c'est vrai que je deviens plutôt vieille, pour sa fille, peut-être qu'il devrait s'en trouver une plus jeune ? À mon frangin, qui va m'expliquer avec toute la délicatesse dont il est capable que ce ne sont pas mes rides, le problème, ce sont mes grosses fesses ? À mon mari, aussi avenant qu'une huître fermée, qui se sent persécuté depuis que j'ai osé lui faire remarquer qu'il avait laissé des poils autour de l'évier après s'être rasé ? À nos filles, Chloé, Noémie, et Eva (la nioute d'Aaron), qui vont me jurer que peu importe que je sois vieille, grosse et moche, elles m'aimeraient quand même ?

Aaaah, je suis seule, seule face à moi-même, avec mes tourments que personne ne comprend.

(Vite, un stylo, le jour où je décide d'écrire une chanson, je tiens le début d'un couplet.)

J'hésite un instant entre chouiner un coup (bof, sans personne pour me consoler, c'est une perte d'énergie inutile) ou aller me faire un mug de corn-flakes aux pépites de chocolat (en triant avant les corn-flakes pour récupérer le maximum de pépites de chocolat), quand je me rappelle qu'il faut que je passe un coup de fil.

Je tends la main, mais ne trouve pas mon portable sur la table basse.

Alors je me lève et vais le chercher sur le rebord vide-poches du tableau noir accroché à l'entrée, où il ne se trouve pas non plus.

Impatiente, je trépigne et fonce le débusquer dans ma chambre, sans succès.

À bout de nerfs, je saisis le téléphone fixe de la maison et compose le numéro de mon mobile, pour le localiser.

L'intégralité de ma facture de téléphone fixe n'est consacrée qu'à ça : déterminer l'endroit où se planque mon portable en le faisant sonner.

Bien entendu, il est (comme chaque fois, sans exception), sagement posé sur la tablette de la salle de bains.

Je l'attrape rageusement, m'apprête à composer un numéro puis m'arrête net.

J'ai oublié qui je voulais appeler.

5

Vingt-deux, v'là les filles !

Si vous avez un peu de patience, vous découvrirez qu'on peut utiliser les immenses ressources du Web pour perdre son temps avec une efficacité que vous n'auriez jamais osé imaginer.

Dave Barry

De : Titilde recherche Grosminet
À : Anouchka Davidson
Objet : Ça y est, je vais me marier !

Helluuuuuu,

Alors comme ça, on fait semblant de bosser ? !

Décroche ton téléphone, chiennasse ! ! ! Il faut absolument que je te raconte ma soirée speed-dating, avec le type sublime que j'y ai rencontré !!!

De : Anouchka Davidson
À : Titilde recherche Grosminet
Objet : Ce que j'aime chez toi, c'est ta modération :)

Hello ma Clotilde,

Tu tombes bien, justement je faisais une pause. J'hésitais entre aller me faire couler un bon bain moussant, sortir la Choch' ou répondre à mes mails. Et puis je me suis dit que ce serait tellement égoïste de notre part, à ma chienne et à moi, de te faire patienter que, tadaaa, me voilà.

N'empêche, j'espère que tu mesures bien ta chance d'avoir une copine dont la vie sociale se résume à son PC quand elle bosse sur un roman.

Donc allons-y, tu as rencontré un homme, et cette fois c'est le bon.

… Ah, tiens, pendant que je t'écris, je viens de recevoir un mail de Doris.

Tu ne vois pas d'inconvénient à ce que nous pariions à nouveau sur la durée de vie de ta nouvelle histoire ? L'argent facile, au bout d'un moment, c'est comme une drogue.

De : Titilde recherche Grosminet
À : Anouchka Davidson
Objet : Petite rigolote, va.

Tu peux me charrier, mais je te rappelle que tu as deux mariages d'avance sur moi.

Laisses-en un peu aux autres, goinfre.

De : Doris Benattar
À : Anouchka Davidson
Objet : Coucou ma puce, comment vas-tu ?

Un petit mail rapidos, je suis speed, j'ai une réunion qui commence bientôt… Il faut absolument qu'on trouve le temps de déjeuner ensemble, ça fait trop longtemps qu'on ne s'est pas vues ! On coince une date dès que Nelson aura fini sa varicelle, et aussi dès que je serai parvenue à dénicher une nouvelle nounou pour remplacer celle qui s'occupait de Corto et de Timothée : tu te rends compte, cette mocheté m'a abandonnée en plein milieu de l'année scolaire !

Pour l'instant, c'est ma mère qui garde mes trois fils après l'école, mais tu la connais, entre ses pics venimeux sur mon incapacité à retenir un homme, sur mon utilisation approximative de la contraception, et sur le fait que je ne suis bonne à rien sans son aide, je me tâte : peut-être est-il temps de passer une petite annonce pour trouver une mère normale qui voudrait m'adopter ?

BREF ! Si je t'écris, c'est surtout pour te dire que je suis en train de lire un livre génial (mais moins que les tiens !) :-) qui s'appelle L'Ombre du cauchemar mortel, *c'est aux éditions je sais plus quoi, et l'auteur s'appelle Cassandra Keller. Je te le conseille ! !*

Bon, je me grouille, mon chef m'appelle !

bizzzzzzzzzzzz !

Doris.

De : Elsa Marcy
À : Anouchka Davidson
Objet : On déjeune ?

Salut Anouchka ! J'ai eu ton message sur mon répondeur, en réponse à celui que j'ai laissé sur le tien. Tu es libre à déjeuner, disons, lundi ou mardi, après ton salon ? Histoire qu'on discute de la couverture de ton nouveau livre, et qu'on commence à envisager le bouquin suivant.

Je t'embrasse,

Elsa.

De : Anouchka Davidson
À : Elsa Marcy
Objet : Avec plaisir !

Coucou Elsa !

Pas de problème, veux-tu mardi prochain ?

Bises,

Anouchka.

De : Anouchka Davidson
À : Titilde recherche Grosminet
Objet : Je t'en laisse combien exactement ? Il me faut un chiffre précis.

Si ton seul et unique but est de te trouver un mari (n'aie pas honte, chacun ses vices, je t'accepte telle que tu es), pourquoi ne pas envisager de faire un truc dingue, inédit, un truc qui te permettrait carrément de gagner du temps ?

Trier.

De : Titilde recherche Grosminet
À : Anouchka Davidson
Objet : Ho ? On peut ?

Tu insultes mon intelligence, là, femelle moisie.

Puisque c'est comme ça, je m'en retourne vaquer à mes occupations, qui consistent notamment à lire L'Ombre du cauchemar mortel, *un excellent bouquin (mais alors vraiment, EXCELLENT) d'une certaine Cassandra Keller, dans lequel je suis plongée depuis hier. Je pense que je t'embrasse (je n'en suis pas sûre), je vais faire comme tu m'as dit, je vais réfléchir, mais c'est un peu nouveau pour moi comme concept, faut que je m'habitue. ;o)*

Ta dévouée,

Clotilde ta clopine.

Tiens, encore elle ?

Mais qui c'est, celle-là, Cassandra Keller ?

Voyons voir… C-a-s-s-a-n-d-r-a K-e-l-l-e-r… recherche Google…

Eh bé, que d'articles, pour une parfaite inconnue… bon…

Jolie fille, mais elle a quel âge, quatorze ans ? Ah non, ils disent ici qu'elle en a à peine vingt et un, elle fait plus jeune…

Mais c'est quoi, son job, exactement, écrire des livres ou bien faire bouger ses cheveux en fixant l'horizon ? En tout cas, les critiques ont l'air dithyrambiques…

Mais… Non, c'est pas vrai ? C'est quoi ce binz ? !

« … je veux être la nouvelle Anouchka Davidson… »

« … on me compare à Anouchka Davidson, mais mon livre est beaucoup plus novateur. »

« … Anouchka Davidson a peut-être des inhibitions quand elle écrit ses scènes d'horreur, mais moi, sachez-le, je n'en ai aucune. » (Photo d'elle penchée en avant avec un regard sulfureux, et les bras croisés sous sa poitrine pour faire pigeonner ses seins.)

La salope.

6

Attention, écrivains marchands

Si les écrivains étaient des hommes d'affaires efficaces, ils auraient trop de bon sens pour être écrivains.

Irvin Cobb

Les salons du livre de province offrent aux maisons d'édition un terrain agréable pour y sortir leurs écrivains domestiques, qui s'y dégourdiront les pattes avec entrain, frétillant à l'idée de cette promenade bucolique après être si longtemps restés enfermés en appartement.

Accessoirement, le parallèle avec une joyeuse colonie de vacances s'impose : la cohue excitée lorsqu'on grimpe dans le train qui nous est réservé, notre complète prise en charge depuis la cantoche jusqu'au dodo, les activités proposées (aux participations obligatoires), et puis surtout, les retrouvailles entre copains.

Seul bémol : la fatigue qui confine à l'épuisement, car le rythme équivaut à un mois de récré tonitruante concentré en quarante-huit heures. Ou comment passer de « ne voir personne pendant des semaines » à « voir 100 000 personnes en deux jours ».

Or précisément, il se trouve que ce week-end, j'ai un de ces salons.

Je compte sur ce petit intermède pour me changer les idées, même si je reste lucide et ne me fais aucune illusion. Je risque de rentrer plus lessivée que jamais, mais c'est un sacrifice que je me dois d'accomplir de temps en temps, pour toi, public.

(Franck Dubosc, sors de mon corps !)

6 heures

Levée sans bruit, je fonce me préparer et surtout remplir mon sac dans la salle à manger. Je n'ai aucun problème à le faire à la dernière minute, car j'ai élaboré une liste très précise à cet effet, qui me permet de ne rien oublier.

En fait, je fais des listes pratiquement pour tout. Avec, méthodiquement en face de chaque action, une case à cocher. Cette sensation de tout maîtriser est furieusement rassurante.

Ou pathologique, je ne sais pas.

Placardées sur le frigo (qui ressemble, à force, à un annuaire vertical), j'ai une liste pour les choses à ne pas oublier avant un départ en vacances (depuis « confier les plantes vertes » à « mettre les billets dans le sac », en passant par « adresses pour cartes postales » ou « me raser les jambes la veille »), les administrations à contacter pour prévenir d'un déménagement (même si je n'ai déménagé que deux fois dans ma vie), une liste de schémas de canapés à confectionner avant un dîner (celle-là date du temps où je cuisinais), une liste des numéros de portables à composer par les petites en cas d'urgence (genre si je m'évanouis et qu'elles sont seules à la maison), etc.

Aaron se fiche de moi avec mon obsession de tout contrôler. Pour lui, un départ à l'étranger, par exemple, s'organise de la façon suivante : des billets de train réservés la veille, une valise, cinq caleçons, cinq tee-shirts, deux jeans et basta.

Alors, quand il se retrouve à mille kilomètres de chez lui, sans chaussettes de rechange, ni lunettes de soleil, ni maillot, ni crème solaire, ni guide de la région, il en rigole moins, de mes listes. Surtout quand je lui tends ses affaires oubliées, que j'ai glissées subrepticement dans mon sac à moi, telle une magicienne les sortant de mon chapeau, en me gardant SURTOUT d'avoir le triomphe modeste (et puis quoi encore ?).

Aujourd'hui, un chronomètre activé dans la tête, je me douche, brosse mes dents, place mes yeux (mes lentilles), me maquille, sous le regard ensommeillé du mari, qui propose gentiment de m'aider.

– Avec plaisir. Tiens, j'ai fait une lessive, hier, et j'ai lavé mon soutien-gorge spécial salon, le seul dans lequel je me sente super à l'aise. Mais il n'est pas sec, tu peux me le finir au sèche-cheveux ?

– Bien sûr, fait l'homme de ma vie, ravi de se montrer utile à mon bien-être.

Le timing est parfait, je range mon maquillage dans ma trousse, ma trousse dans la valisette, j'ajoute coton et lait démaquillant, pyjama moelleux, et là j'entends :

– Dis, c'est normal que ça fasse des trous ?

Toujours concentrée, ma feuille à la main, je me dirige vers lui sans la quitter des yeux.

– Hum ? Qu'est-ce qui fait des trous ?

– Ben regarde, me montre El Marido, embarrassé, avec dans sa paluche ce qui fut autrefois un soutien-gorge.

Et là, je découvre l'objet supposé soutenir mes gros nénés perforé de larges pastilles pleines de vide. Le beau-père de mes enfants avait visiblement oublié cette amusante propriété que possèdent certains tissus synthétiques de fondre si une source de chaleur leur est appliquée dessus directement. Mes autres instruments de suspension étant restés au linge sale, je dois me rendre à l'évidence : c'était mon dernier soutif.

Devant cette catastrophe, trois choix s'imposent à moi :

1. Pleurer et quitter la maison en tenant ma poitrine avec mes mains.

2. Le porter perforé, et me sentir aussi sexy des tétines qu'une danseuse du Crazy Horse.

3. Me taper une barre de rire, et aviser.

Mon tempérament optimiste m'impose le choix n° 3, histoire de donner une leçon à ce râleur qui partage ma vie, et qui frôle l'apoplexie lorsqu'il se rend compte qu'il part travailler avec un bouton manquant à sa chemise.

Je fouille, dans mon tiroir, parmi une collection de soutifs qui ne me vont plus, et en dégote un moins serré que les autres.

Ce week-end s'annonce oppressant.

7 h 30

Arrivée à la gare, je fonce braquer un marchand de journaux, selon cette tradition immuable et réconfortante qui consiste, avant chaque trajet, à amasser un plein sac de tous les magazines que je ne lis pas d'habitude.

Tel l'écureuil prévoyant (à tendance timbrée), j'ai besoin de me constituer ces provisions, même si mon voyage ne dure que deux heures. C'est ça, ou bien acheter des paquets de M & M's géants que je picore jusqu'à la nausée, histoire de me tricoter des bas de cellulite, comme mue par une pulsion de survie au cas où le train se retrouverait coincé en Sibérie.

Dans la même optique, je ne me déplace jamais sans avoir sur moi une mini trousse de secours, comportant dosettes de sérum physiologique, lingettes imprégnées d'alcool, pansements, protections hygiéniques, cachets contre la toux, contre le mal de tête, contre le mal des transports, au cas où j'aurais à intervenir d'urgence sur une écorchure en pleine rue, ou à aider une collègue victime d'une migraine foudroyante, à l'heure où les pharmacies sont fermées.

Cette trousse est ce que je considère comme étant la version 2.0 de la névrose de ma mère, qui a veillé durant toute notre jeunesse à ce que ni mon frère Adam ni moi ne sortions jamais, oh non jamais, sans un paquet de Kleenex dans notre poche. Je n'ose imaginer quelle est la manie suivante, amplifiée, que mes minus vont développer à cause de moi…

Cela étant, je file retrouver Véronique, mon attachée de presse, assise à la terrasse d'un café, en train de siroter un petit crème. Emmitouflée dans un manteau de fausse fourrure, elle me fait signe vigoureusement pour que je la rejoigne. Véronique est une femme extrêmement élégante, âgée d'une cinquantaine d'années, toujours le sourire aux lèvres.

Ses cheveux sont très longs, coiffés en une tresse qui lui tombe jusqu'à la taille, et elle ne se sépare jamais d'une chemise cartonnée pressée contre sa poitrine, que je soupçonne d'être vide, sans doute pour se donner une contenance.

Progressant au radar, encore accablée de sommeil, j'avance en pilotage automatique jusqu'à elle. Nous nous faisons la bise, puis nous nous tractons l'une l'autre jusqu'au train qui nous est, ainsi qu'à mes collègues, entièrement réservé.

Pour définir son rôle, l'attachée de presse est la personne chargée d'interpeller, de séduire, d'implorer, de menacer, d'inviter le maximum de journalistes à accorder un article ou un passage télé à l'auteur dont elle s'occupe, afin que ce dernier conserve toute la dignité que sa fonction suppose en se préservant d'aller lui-même supplier les médias.

En résumé, elle se tape le sale boulot et il en récolte les lauriers.

Raison pour laquelle, bien souvent, ces deux-là se détestent cordialement.

L'attachée de presse, frustrée de suer dans l'ombre à œuvrer pour la notoriété d'un pauvre type que, sans elle, personne ne connaîtrait.

L'écrivain, frustré de remettre son précieux travail entre les mains d'une incapable, laquelle, si elle travaillait mieux, lui obtiendrait davantage d'articles.

Heureusement, la mienne est formidable, fantastique, d'ailleurs, vous verrez, elle fera un très bon boulot pour ce livre-là.

Quel livre ? Eh bien le thriller avec Rebecca et Allan que je suis en train de terminer, pardi.

Vous suivez, un peu ?

12 heures

Nous arrivons à destination.

À peine sommes-nous descendus du train qu'un comité d'accueil nous réceptionne.

Parfois, on fait face à une haie de photographes. D'autres fois, c'est une fanfare qui s'emploie à nous anéantir les oreilles tandis que nous la longeons, d'autres fois encore, nous foulons juste un tapis rouge déroulé à même le quai. Ça varie.

N'empêche, si la boulangère acariâtre près de chez moi me voyait à cet instant, j'en connais une qui me l'OFFRIRAIT, sa baguette.

Et je prendrais un plaisir fou à lui répondre, méprisante : « Désolée, mais je ne mange pas de ce pain-là. » Ah ! Ah !

Perdue dans mes pensées mégalomanes, j'en oublie presque de saluer les gentilles hôtesses bénévoles venues nous chercher, clonées dans un tee-shirt aux couleurs du salon, pour nous conduire jusqu'à une navette.

12 h 15

Laquelle nous emmène à peine quelques mètres plus loin (les écrivains pratiquant l'essentiel de leur activité physique avec leurs doigts, on doit ménager leurs jambes car ils n'ont plus l'habitude de s'en servir), à l'hôtel.

Nous y posons notre valise et nous débarbouillons (faisons pipi), avant de redescendre dans la grande salle de réception où un buffet a été dressé à notre attention.

13 heures

– Oh, Machiiin, tu es là, saluuut ! (Bisou-bisou.)

– Heyyy, Truuuc, quel plaisir de te revoir depuis le mois dernier ! (Bisou-bisou.)

– Machin, tu connais Bidule ? (Bisou-bisou.)

Incroyable de découvrir avec quelle facilité on copine avec de parfaits inconnus, sous le seul et unique prétexte qu'ils ont publié un livre.

Le mec mal lavé, mal rasé, le cheveu assaisonné de pellicules et qui pue la vinasse, ce mec à qui on aurait donné une pièce avec un petit mot d'encouragement si on l'avait croisé dans la rue, on se rengorge à l'idée d'être vue en sa compagnie parce qu'il a vendu 300 000 exemplaires de son dernier bouquin.

J'avais entendu parler du cerveau reptilien, celui qui fait s'agiter le reptile à la vue d'un décolleté, je constate l'existence du cerveau dindonien, celui qui fait s'agiter la futile à la vue d'une célébrité.

À côté de moi, deux hommes bavardent.

– Tu as lu mon dernier livre ? Je te l'ai envoyé.

– Pas encore, j'en reçois tellement... mais bientôt, il est placé en haut de ma pile.

C'est ça, mon œil.

Les écrivains ne lisent pas vraiment les livres de leurs confrères : ils les parcourent pour les surveiller, les comparer, les piller ou se rassurer. Et pourtant, chacun continue d'espérer susciter l'admiration d'un collègue plus en vue, lequel préférera se passer la langue à la râpe à fromage plutôt que de distiller à un autre les compliments qui lui sont dus à lui.

Entre tous ces salamalecs, je tente de grignoter un morceau.

Même pas le temps de finir ma bouchée qu'on nous signale que la navette nous attend pour repartir. Boah, allez, c'est pas grave, on est bien, on discute, on ira à pied.

14 heures

Arrivée quelques mètres plus loin, sous le chapiteau où se déroule le salon du livre.

Les planches nous attendent, sur lesquelles nous allons, mesdames et messieurs, donner en spectacle nos viiiirrrrevoltantes signatures.

14 h 15

Voici venu le meilleur moment, celui où je me mets en mode « je me la pète » au maximum.

Lunettes de soleil sur le nez (quelle que soit la saison), je me fraye un chemin à travers la foule, qui s'écarte respectueusement avec, ici et là, quelques « Ooh, regarde ! C'est Anouchka Davidson ! » qui fusent parmi les plus impressionnables.

Si l'on considère que l'écrivain le plus célèbre sera toujours moins exposé médiatiquement que le plus obscur des participants d'un show de téléréalité, on mesure mieux le bonheur narcissique de ces quelques instants de crânage.

Empruntant la démarche de Tony Manero dans *La Fièvre du samedi soir*, je salue le libraire débordé, qui m'accueille chaleureusement et me conduit à ma place, sur le stand.

Et là, c'est le Loto.

Soit je suis assise à côté d'un écrivain sympathique, soit pas.

Depuis le temps que je publie des livres, je l'avoue, j'ai tout eu.

• Le vrai bouffi du melon qui répond à peine à ton « bonjour », et qui t'ignore ensuite tout le reste de la journée, pauvre caca de mouche que tu es comparée à lui (qui a eu son heure de gloire il y a trente ans et qui s'y croit encore).

• L'auteur adorable, avec laquelle tu t'entends si bien que tu la reverras après que le salon sera terminé.

• Le chanteur célèbre qui fait la gueule parce que les gens le prennent en photo ou lui demandent de pousser la chansonnette, mais n'achètent pas l'autobiographie qu'il a mis tout son cœur à dicter.

• Le comédien prestigieux qui fait une brève apparition, gribouillant quelques pages de garde très vite à la chaîne (en regardant ailleurs), avant de s'éclipser profiter des charmes de la région et te laissant, le reste de la journée, jouer les répondeurs humains pour son public déconfit, qui s'adresse à toi car les livres retraçant sa carrière sont placés à côté des tiens : « Oui, il est venu signer, non, je ne sais pas s'il reviendra. » (400 fois.)

• La VRP de ses propres ouvrages, qui ne s'assoit jamais et alpague le chaland en te ruinant les oreilles, tendant son bouquin pour le lui adjuger avec la classe d'une marchande de poisson qui écoule son stock à la criée.

• La fourbe qui déplace ses livres centimètre par centimètre pour déborder sur ton espace.

• Le ridicule au cheveu fou, drapé dans son écharpe façon « poète maudit éclusant son absinthe au Café de Flore », tellement imbu de lui-même qu'il alterne de multiples caprices aboyés sèchement parce qu'il a lu quelque part que Maria Carey faisait pareil dans sa loge. N'hésitant pas à frapper du poing sur la table pendant que tu écris, ou à menacer d'un ton théâtral de quitter les lieux si le libraire, traité comme un chien, ne lui apporte pas un coussin à placer sous ses fesses dans la seconde.

17 h 50

Finalement, j'ai dédicacé avec à ma droite une auteur rigolote, avec laquelle je me suis si bien entendue que nous nous sommes amusées à convaincre nos lecteurs respectifs qu'il fallait absolument découvrir le livre de l'autre, et à ma gauche la présentatrice télé d'une grande émission de divertissement, qui n'a cessé de recevoir, telles de déférentes offrandes, les cartes de visite de tous les auteurs du voisinage espérant secrètement se faire inviter.

Excellente, cette manie de filer des bristols pour qu'on se souvienne de vous. J'ignore si ça marche, mais au cas où, j'ai fait pareil.

Sauf que j'ai enveloppé le mien dans mon dernier roman. Au moins il y aura plus à lire (pour son assistant).

18 heures

Fin des signatures, et navette jusqu'à l'hôtel, toujours quatre mètres plus loin.

J'ai deux heures devant moi pour faire un break.

Entre la pause pipi, l'exploration de la chambre, la douche, le remaquillage, le changement de tenue, les coups de fil au mari (pour lui promettre que je n'ai sympathisé qu'avec des femmes, des homos, ou des laids), aux enfants (pour les embrasser), à ma mère (pour lui raconter que j'ai pris un café avec son écrivain préféré et lui confirmer que oui, je suis bien couverte), à une copine auteur (pour une séance ragots débriefing sur la petite phrase de Machin ou la tenue de Trucmuche, avant de la rejoindre pour le dîner), il s'est écoulé facilement une heure et demie.

Il me reste royalement trente minutes pour décompresser, me détendre, et évacuer de ma tête le brouhaha dans lequel j'ai baigné toute la journée.

20 heures

Une navette passe nous prendre pour nous emmener à la salle des fêtes de la mairie, où nous sommes conviés à un cocktail organisé par la municipalité. Mais on ne dînera pas tout de suite, car le maire, très fier de recevoir tous ces prestigieux auteurs dans sa ville, va d'abord faire un discours.

Dans lequel, bien souvent, il raconte sa vie.

Et il n'est pas tout jeune, le maire.

Alors le discours s'éternise, les invités crèvent de faim, tout le monde est claqué, mais la politesse impose d'attendre qu'il ait fini de raconter que, plus jeune, son professeur le félicitait pour l'excellence de ses rédactions et que s'il n'avait pas été maire, peut-être se serait-il laissé aller lui aussi à tenter de vivre de sa plume et bla bla bla...

22 heures

Le dîner débute enfin.

Ça tombe bien, mon estomac commençait à s'autodigérer.

Là, trois possibilités.

Soit j'entame une discussion courtoise avec les inconnus à ma table (auteurs, journalistes, éditeurs, copains du maire...), qui ne le seront plus (des inconnus) au moment du dessert.

Soit j'entame une régression totale pour cause de nerfs qui lâchent à cause de la fatigue, et je participe à une bataille de boulettes de mie de pain ou à un concours de fous rires convulsifs entre copines du même âge mental que moi.

Soit j'entame avec mon voisin de table un échange de confidences trop intimes, sublimées par l'heure tardive et le champagne qui me délie la langue, à propos du métier, des affinités entre les gens du milieu, des expériences de la vie de couple... Avec le lendemain matin le sentiment accablant d'avoir trop parlé, oh purée, oh purée, oh purée, quelle idiote, qu'est-ce qui m'a pris de raconter tout ça, tout Paris va savoir ce que j'ai dit sur Truc, ça va lui revenir aux oreilles, ma vie est fichue, ma carrière encore plus, j'aurais dû me taiiiire ! (J'ignore bien sûr que mon interlocuteur se flagelle lui aussi dans sa chambre pour m'avoir confié – oh bordel, oh bordel, oh bordel, oh bordel, c'était supposé rester secret – ses galipettes avec une femme politique.)

Minuit

Fin du dîner. Bien arrosé. Certains vont tituber jusqu'à une taverne prendre un dernier verre ou visiter la ville de nuit, d'autres choisissent d'aller faire bouger leur corps dans l'unique discothèque du patelin, moi je fonce m'écrouler dormir.

Car le lendemain, rebelote.

9 h 30

Le salon ouvre à dix heures, ça me laisse au moins… trois minutes pour explorer au pas de charge plusieurs centaines de rues désertes aux boutiques fermées, après avoir pris mon petit déjeuner.

En même temps, la ville, je pourrais très bien la voir à mon retour sur Google Maps.

Du coup, je reprends un autre pain au chocolat.

11 h 30

Je suis invitée sur le plateau d'une radio locale installé sous le chapiteau, en compagnie de six auteurs de thrillers, dans le but de disserter sur le sujet suivant : « Le crime paie-t-il bien ? »

Foin de littérature dans ce débat animé, les gars ont voulu répondre au premier degré pour plaisanter, et ça a dégénéré. Et maintenant, chacun se castagne à coups de pourcentages, à-valoir, chiffres de vente, parts des éditeurs, taux des libraires…

Au vu de l'ambiance, je décide de prendre mon mal en patience et dresse sur le flyer annonçant cette rencontre la liste de mes courses pour la semaine.

Car autour de moi, la bataille fait rage, et je ne me sens pas de plonger dedans.

C'est à celui qui parviendra à monopoliser le plus longtemps la conversation, agrippé au micro, citant le plus grand nombre de fois le titre de son bouquin à l'antenne, à la manière d'un flipper sur lequel on s'acharnerait pour marquer des points-pub, en évitant cependant que l'animateur ne tilte. Lequel est complètement dépassé car chacun coupe la parole à l'autre, sûr de son bon droit, dressé sur son ego, dans une cacophonie permettant aux auditeurs d'en déduire qu'effectivement, le crime ne doit pas payer si bien que ça.

14 heures

Les heures s'égrènent au fil des rencontres avec les lecteurs.

Les chaleureux, les enthousiastes, les timides, les impressionnés, les curieux, les bavards, les fans de la première heure, les demandeurs d'autographes, les mitrailleurs de photos… et les autres :

- Le type intéressé, qui te sature de questions sur ta vie, te demande de raconter chacun de tes livres en profondeur, de résumer chaque scène clé, de détailler chaque personnage, et finit par conclure au bout d'une demi-heure de prise de ciboulot que c'est bon, tu l'as convaincu, il ira emprunter tes romans à la bibliothèque.
- La femme qui regarde le dos du livre, puis l'affiche audessus de ta tête, puis qui te regarde, avant de scruter à nouveau la couverture, encore l'affiche, et finalement se renseigne : « C'est pas vous, l'auteur ? Si ? Ah ben vous êtes plus belle sur la photo. »
- Le type qui passe lentement en revue chaque écrivain de ton stand, comme s'il était devant une vitrine, avec la petite moue condescendante de celui qui s'apprête à choisir quelle péripatéticienne il va accepter d'honorer.
- Le gars qui, sans prononcer un mot, te tend un immense livre d'or pour que tu le signes, le regard extatique fixé sur la page blanche, n'espérant qu'une chose : recueillir le précieux ADN de ton stylo, afin qu'il puisse montrer ton gribouillage à ses petits-enfants, le soir, au coin du feu. Et tant pis s'il n'a

aucune idée de ce que tu écris : ta photo est dans le journal annonçant les invités, ça suffit amplement à son bonheur.

• La dame âgée qui saisit ton dernier roman, lit le titre à voix haute : *Le toubib était un vrai malade*, et commence à te raconter sa pause d'une prothèse au genou qui lui a laissé un hématome gros comme le poing, et maintenant son foie fait des siennes mais son généraliste pense que c'est la rate, et ahlala ma bonne dame c'est pas facile de vieillir, et elle en parlait justement à sa voisine Mme Rosette qui a sa fille qui est médecin, et qu'elle ne sait pas comment elle a réussi son concours cette petite parce qu'elle n'a jamais été très douée pour les études, par contre elle a beaucoup « fréquenté » si je vois ce qu'elle veut dire, et à son époque ça ne se passait pas comme ça bla bla bla… Une file de gens impatients se forme derrière elle, toi tu hésites entre te pendre ou te suicider, et enfin, ENFIN, la dame finit par pousser un soupir de regret plein de « ahlala », et conclut que c'est dommage, sa vue a tellement baissé qu'elle ne peut plus lire, mais qu'elle écoute d'excellentes émissions à la radio, notamment celle avec ce petit jeune, là, comme s'appelle-t-il déjà… et c'est reparti pour un tour.

18 heures

Après une journée de dédicaces non-stop, le poignet crispé et les muscles des mâchoires endoloris d'avoir tant étiré ma bouche, j'achète un sandwich desséché à la mayonnaise fluo dans une croissanterie de la gare, et grimpe dans le train avec les copains écrivains.

22 heures

Le trajet du retour s'est déroulé agréablement, des anecdotes se sont échangées, des numéros de téléphone aussi.

Mais à la minute où le train entre en gare, à Paris, une curieuse métamorphose s'opère alors.

À peine les pieds se sont-ils posés sur le quai, que plus personne ne se connaît. Oubliant jusqu'à se dire au revoir, tout le monde se rue littéralement, dans une fuite éperdue, vers les stations de taxi, de métro, les arrêts de bus. Avec le soulagement des enfants qui se sont bien amusés au parc avec leur nounou, mais qui, apercevant leur mère, lâchent pelle, râteau, camarades de jeux et bondissent à sa rencontre.

23 heures

Arrivée à la maison, un curieux sentiment de spleen me submerge.

Je me sens vidée, épuisée.

Dans mon crâne résonnent encore les échos de la manifestation, et les yeux me brûlent d'avoir porté mes lentilles si longtemps.

Éperdue, je me réfugie dans les bras d'Aaron sitôt qu'il m'ouvre la porte.

Puis je m'empresse d'aller embrasser les cheveux de mes enfants qui dorment.

Ensuite je me déshabille à la hâte, et je plonge aussitôt dans le bain chaud que mon mari m'a fait couler quand j'étais dans le taxi.

Instantanément, cette immersion me purifie de tous les souffles inconnus qui m'ont imprégnée durant ces deux jours. Sensation animale qui me pousse à ne vouloir être marquée que par l'odeur des miens.

Ouf, heureusement demain je bosse, je vais pouvoir me reposer.

7

Mayday, mayday, venez m'aider !

La conversation, c'est lorsque trois femmes discutent entre elles.
Les ragots, c'est quand l'une d'elles s'en va.

Herb Shriner

– Hey, saluuut !

Je fais coucou de la main à mon éditrice, Elsa Marcy, déjà assise à la table vers laquelle je me dirige.

Elle est immanquable, Elsa. On la voit de loin, avec sa longue crinière rousse flamboyante aux boucles mousseuses, et ses lèvres peintes en rouge vif. C'est une très belle quinquagénaire, toujours tirée à quatre épingles, au look à la fois sophistiqué et discrètement sexy.

Nous nous faisons la bise, et je m'assois face à elle.

– Tu vas bien, tu ne m'attends pas depuis longtemps j'espère ?

– Ça va, et toi ? Non, mon chou, je viens juste d'arriver.

Elle m'éclate avec sa façon d'appeler tout le monde « mon chou », depuis l'hôtesse d'accueil d'un restaurant, jusqu'au président d'une chaîne de télé. Elle n'a aucun complexe, c'est une femme à poigne à qui tout le monde fait les yeux doux. Quand on est dans ses bonnes grâces, tout va bien, mais je plains ceux qu'elle méprise, car dans ces cas-là, elle est sans pitié.

Elsa regarde sa montre, et agite déjà ses ongles grenat en direction du serveur.

Je ne m'en formalise pas, c'est sa nature, elle est toujours pressée. Dans son dos, je l'ai même surnommée Speedy Gonzesse.

– Salut Elsa, comment vas-tu ?

Une femme blonde au nez busqué, habillée d'un tailleur gris, vient lui dire bonjour. C'est l'attachée de presse d'une maison d'édition concurrente. Elles s'embrassent, puis elle me la présente, avant que l'autre ne s'éloigne.

Rien d'étonnant, nous sommes à Saint-Germain-des-Prés, également appelé « le quartier des éditeurs », car de nombreuses maisons y ont leur siège.

Le restaurant où nous nous trouvons est réputé pour voir défiler tout ce qui se targue d'appartenir à ce microcosme, et à d'autres univers différents, mais toujours artistiques : chanteurs, comédiens, réalisateurs… un vrai repaire de célébrités.

Le serveur arrive, et prend notre commande.

Ce sera une coupe de champagne pour chacune, comme d'habitude, et nous choisirons le saumon sans passer par l'entrée.

Un autre serveur s'arrête près de nous, et, tandis que son collègue termine de griffonner son carnet, dépose à notre table une assiette de petits canapés.

– Cadeau du chef, qui vous remercie pour le livre de cuisine que vous lui avez offert ! précise-t-il avec un clin d'œil en direction de la rouquine.

Laquelle s'émeut : « Oooh, il est chou », en engloutissant un toast recouvert d'une pâte rouge et verte.

– Sers-toi, je t'en prie, c'est pour nous deux, dit-elle en poussant l'assiette vers moi.

Je scrute la douzaine de petites pièces colorées, d'origines indéterminées.

– Hum… ils sont à quoi ?

– Un peu de tout. Goûte, tu verras bien.

J'attrape au hasard une minuscule bouchée à la reine, tandis que mon éditrice s'incline pour me parler à voix basse. J'en profite pour la complimenter sur ses nouvelles boucles d'oreilles pendantes, que je trouve très élégantes. Elle me donne l'adresse de la boutique où elle les a achetées, et me raconte dans la foulée que l'attachée de presse, que nous venons de croiser, est la maîtresse du journaliste avec lequel elle déjeune, à la table derrière moi.

Je mets une énergie surhumaine à lui prouver que je suis digne de sa confiance, en ne me retournant pas violemment pour dévisager les gens attablés dans mon dos.

Délicatement, je mords dans la pâte feuilletée que je tiens, fourrée d'un aliment inconnu à tendance gélatineuse, noyé dans du persil. Pas bon pour les dents, ça.

À ma seconde bouchée, Elsa glousse.

– Tu aimes ? Il y a de la cervelle d'agneau dedans. C'est délicieux.

De la… cervelle ???

Sous le choc, je me pétrifie d'horreur.

J'hésite une seconde entre vomir par terre discrètement ou seulement m'évanouir.

Je ne peux quand même pas recracher devant Elsa, non ? Hein, je peux ou pas ? Non, hein ? Ben non. Il va falloir avaler. J'avise ma flûte de champagne. L'alcool contenu dedans sera-t-il suffisant pour désinfecter ma gorge si je la bois cul sec ? La bouche toujours pleine, je m'interroge.

Soudain, je vois le sourire d'Elsa s'effacer.

Elle se fige, prend un air glacial, indifférent, et laisse échapper :

– Oh non, pas ce gros con...

Ben si. Le gros con en question s'arrête à notre table pour nous saluer.

Mon éditrice lui répond du bout des lèvres, mais il semble ne pas y prendre garde.

Je le reconnais immédiatement, avec sa couronne de cheveux blonds et son air bêtement réjoui, c'est Herbert Martin, le directeur de la maison d'édition qui lui a piqué un auteur star, l'année dernière. Elle ne le lui a toujours pas pardonné.

Il est accompagné d'une jeune fille aux longs cheveux platine, au petit cul bombé, habillée d'une robe qui, portée par une autre, pourrait tout aussi bien faire office de ceinture, le visage piqueté de boutons d'acné invisibles sur les photos que j'ai vues d'elle (merci Photoshop).

Cassandra Keller.

Elle me contemple avec adoration.

– Bonjour Anouchka, me dit Herbert, comment vas-tu ?

Ne pouvant pas parler, la bouche toujours pleine de ce que je voudrais régurgiter, je lui réponds d'un signe de tête assorti d'un grand sourire clos et d'un clignement d'yeux.

Il ne réalise même pas que je n'ai pas prononcé un mot, car il me répond :

– Hooo, moi, ça va, comme ci, comme ça. Au fait, tu connais Cassandra Keller ? C'est ma nouvelle petite protégée...

À l'agonie, je la salue d'un signe de tête en espérant qu'ils vont vite s'éloigner, que je puisse foncer aux toilettes recracher ce que contiennent mes joues.

C'est mal barré, elle s'incruste.

– Quel honneur, je suis si heureuse de vous rencontrer. Je vous adore, je vous lis depuis que je suis petite !

Morue.

En tout cas, j'espère que je t'ai fait faire plein de cauchemars.

Allez, dégage avant que je ne demande au chef de ce resto de garnir ta petite tête avec ce dont il a fourré ses bouchées à la reine.

Mais mon mutisme ne l'arrête pas, car elle reprend :

– Vous savez, c'est vous qui m'avez donné envie de faire ce métier.

Ah bon, lequel ? Prostituée ? me dis-je en fixant sa tenue indécente, bien que remarquablement portée.

Elsa toise Herbert avec morgue, et lui assène :

– Écoute, mon chou, ce n'est pas que ta compagnie me soit déplaisante, mais Anouchka et moi avons à parler, et... en fait si, c'est parce que ta compagnie m'est déplaisante.

Ces deux-là se connaissent depuis près de vingt ans, ils s'engueulent, se réconcilient, se volent des auteurs, se volent ensuite dans les plumes, avec l'entrain d'un vieux couple qui sait tout l'un sur l'autre. Le petit spectacle qu'ils donnent n'est impressionnant que vu de l'extérieur. Pour qui les connaît, il est bien plus théâtral qu'il n'en a l'air.

Herbert mime une petite courbette empressée.

– Elsa ma déesse, tes désirs sont des ordres, tu le sais bien... je m'éclipse, hop, je suis parti ! Anouchka, ravi de t'avoir revue, et... on déjeune ensemble quand tu veux, hein, dit-il en se délectant de voir les mâchoires d'Elsa se contracter.

Je voudrais sourire, mais j'ai trop peur d'exposer mes dents incrustées d'herbes vertes, alors je me contente de mon habituel hochement de tête avec le coup des yeux fermés.

Lorsqu'ils s'éloignent, j'entends Cassandra chuchoter à son éditeur : « Tu as vu ? Elle est aussi mystérieuse et taciturne que dans ses interviews, c'est dingue… »

À toute allure, je file aux toilettes évacuer ma délivrance, et me passer un coup d'eau sur les gencives que je frotte avec mon index, tel l'archet s'acharnant sur son instrument à paroles.

Lorsque je reviens à table, Elsa a l'air soucieuse.

– Tu devrais te méfier. Cette gamine se compare beaucoup à toi, à ce que j'ai lu dans la presse.

– Cassandra Keller ? Oui, j'ai remarqué. Ça m'agace aussi.

– Je ne sais pas pourquoi, mais je ne la sens pas du tout.

– Tu sais quoi ? C'est marrant, mais je ne la sens pas non plus.

– Un petit canapé ? demande-t-elle en me tendant l'assiette.

– Hum, non merci. Ceux-là non plus, je ne les sens pas.

8

La trouille, on me fouille

Le plus dur, avec le succès, c'est de parvenir à trouver quelqu'un qui soit heureux pour toi.

Bette Midler

– Tu comprends, souvent je me sens seule, isolée, c'est pas évident, ce métier. Toutes ces journées à travailler chez soi, sans personne à qui parler.

Je bois une gorgée de thé à la vanille.

– Si ce n'était que ça. Mais depuis que je suis devenue écrivain, la moitié des gens que je connais ont changé d'attitude. Soit ils me jalousent d'avoir la vie glamour qu'ils auraient rêvé avoir, soit ils me méprisent pour cacher qu'ils me jalousent, soit ils me collent en imaginant que ma notoriété déteindra sur eux...

Le soleil brille dehors.

Nous sommes au printemps, mais il fait une chaleur lourde.

– Sans compter les amis, qui réapparaissent miraculeusement après des années d'absence. Certains pour mon plus grand plaisir, d'autres que je ne me souviens même pas avoir fréquentés.

Je fixe les petites taches de rousseur apparues sur mes bras depuis le retour des beaux jours, en me demandant si, tout compte fait, ce ne serait pas des taches de vieillesse.

– Quant à l'amitié des gens du métier, elle est aussi immuable qu'une cotation en Bourse. Une actualité ? Un passage télé ? Et hop, les invitations à déjeuner fleurissent par dizaines. La popularité, c'est plus efficace qu'un brossage de dents à l'Émail Diamant. Plus tu es connue, plus les sourires que tu reçois deviennent éclatants.

Ma copine hoche la tête, l'air compréhensif, avant de la poser sur mon genou.

Je la lui caresse distraitement.

– Tout ça pour dire que je commence à en avoir ras les fesses, de ce job. J'ai envie de connaître autre chose, de prendre un peu l'air, peut-être de changer de vie, enfin, un peu, pas complètement, mais... ooh, j'en sais rien...

Ma copine me regarde avec douceur, puis elle mordille ma main.

J'essuie sa bave sur mon jean, attrape ses oreilles, et l'embrasse goulûment sous l'œil.

Sa petite odeur me met en appétit, je soulève son museau et lui fais des bisous sous le cou, là où c'est le plus doux.

– Dis, ma Choch', tu crois que je suis en train de faire une crise de la pré-quarantaine, comme on fait une pré-ménopause ? Je veux dire, c'est pas comme si j'avais envie de m'acheter une voiture de sport, ou de changer de mari pour m'en prendre un plus jeune, hein... j'ai pas un neurone d'homme non plus...

Aujourd'hui, j'ai renoncé à bosser.

Je sais, je suis à la bourre, mais je n'arrive plus à traire mes idées, il vaut mieux que je fasse autre chose le temps qu'elles se reconstituent. Un peu comme un fichier dont j'attends qu'une nouvelle partie se soit suffisamment téléchargée dans ma tête pour la retranscrire sur le papier.

À la place, j'ai envoyé quelques e-mails à mes copines, et j'ai ensuite répondu aux lettres et aux messages de mes lecteurs.

Ceux qui me racontent dans quelles circonstances ils ont lu mon livre, auxquels je réponds toujours pour les remercier. Ceux qui m'expliquent comment aurait dû se comporter selon eux un de mes personnages, auxquels je réponds aussi pour discuter. Les exaltés, auxquels je réponds parfois pour les calmer. Les demandeurs d'emploi, qui cherchent un job de star de la littérature, à qui je ne sais jamais trop quoi répondre, à part « bonne chance ». Les fidèles, que je n'ai jamais rencontrés mais auxquels je réponds, depuis le temps, comme si c'était le cas. Bref, l'échange est toujours intéressant, motivant, jamais ennuyant.

Lorsque j'ai fini, je me suis mise à googleliser des gens de mon entourage, de ma jeunesse, ou de mon enfance, juste pour savoir ce qu'ils sont devenus. Impression grisante de ressusciter des souvenirs effacés avec, à chaque trouvaille sur le Net, les sensations d'un chercheur d'or qui amoncellerait des pépites de mémoire étincelante. Un prodige de nostalgie que seule la technologie permet.

Après deux heures d'intense vie virtuelle, je suis allée me faire un thé.

Il est trop tard pour que je sorte faire du shopping, et trop tôt pour aller chercher mes filles à l'école.

Je m'ennuie.

J'ouvre le placard de l'entrée pour y chercher ma boîte à couture.

Chloé a laissé traîner son vieux chien en peluche sur le canapé, et je viens de remarquer que l'oreille du doudou avait besoin d'être reprisée.

À l'intérieur du meuble, les objets sont rangés pêle-mêle. Il y en a trop, ils menacent de s'effondrer.

Il faudrait que je trouve le temps de trier un nombre considérable de trucs qui encombrent tous les placards de la maison. Ça m'oppresse de savoir qu'il y a tant de choses inutilement accumulées, dont il faut nous débarrasser.

Un jour, dans une prochaine vie, j'aurai moi aussi un de ces petits engins si pratiques pour tout gérer dans une maison. Comment ça s'appelle déjà ? Ah oui : une femme. Mais aujourd'hui, je ne me sens pas l'énergie d'en être une.

La boîte à couture posée sur la table basse, je me retourne vers Joe l'incruste qui a pris tout naturellement place sur le canapé à mes côtés.

Pour la taquiner, j'attrape ses petites mâchoires et tente de passer le bout de mon nez dedans en murmurant « Aaah ! au secours, les dents de la mère Choch' ! ».

Impliquée dans mon scénario catastrophe, elle ouvre encore plus sa gueule pour exhaler un bâillement à l'haleine si fétide qu'il me fait renoncer illico à jouer les Spielberg du monde canin.

Je me redresse, nous nous défions, l'œil fixe et aux aguets, puis je fais mine de lui sauter brusquement dessus. Surprise, elle tente de m'impressionner en émettant son fameux grognement mêlé d'un gémissement, pour ne pas qu'on la prenne trop au sérieux, des fois qu'elle aurait à se battre. Petite maligne. Elle préfère passer ses pulsions carnassières sur les meubles en bois et sur le parquet, qui ne peuvent riposter tandis qu'elle les ronge férocement. Ce qui lui a valu le sobriquet de « Termite-nator ».

Pour se faire respecter devant un être vivant, elle se contente juste d'éternuer un coup, genre « fais gaffe », aidée en cela par sa rhinite chronique. Je crois qu'à part en envoyant un jet de morve à un éventuel assaillant, il ne faut pas trop compter sur elle pour nous défendre.

On sonne à la porte.

Miracle, un être humain !

Je me précipite.

À travers l'œilleton, j'aperçois une masse de cheveux châtains, coupés court, surmontant la figure enjouée de ma voisine Domitille.

Euphorique telle une Robinsonne rencontrant sa Vendredine, je lui ouvre aussitôt.

– Hey, entre donc, qu'est-ce que tu fiches là, tu n'es pas au bureau ?

– Non, je suis en arrêt maladie pour quelques jours. Ma migraine...

– Ah ouais, la célèbre...

– Je te dérange ? Tu travaillais, j'imagine ?

– Comme une brute. Mais ça va, j'avais besoin d'une pause de toute façon, dis-je sans sourciller.

– J'en ai pour une minute, s'excuse-t-elle en entrant, je voulais juste t'emprunter un peu de sucre en poudre.

Je referme la porte derrière elle, et lui fais signe de passer au salon.

– Du sucre, pourquoi ? Tu fais un gâteau ? je demande depuis la cuisine, en saisissant ma boîte remplie de cristaux blancs.

– Nooonn... c'est juste pour mon café.

– Ouf, je préfère ça. J'ai cru que tu venais chez moi me jeter à la figure tes dérisoires talents de pâtissière.

– Tu sais bien que je ne ferais jamais une chose pareille. J'aurais trop peur de me retrouver dans un de tes livres transformée en mille-feuille humain.

– Et tu aurais raison. Que dirais-tu de le prendre ici, ton café ?

– Si tu insistes..., répond Domitille tout sourires, qui n'attendait que ça.

Confortablement installée sur mon canapé, elle se met à détailler avidement le mobilier du salon, histoire de contrôler qu'il n'y a rien de nouveau, depuis sa dernière visite, dont elle pourrait me demander l'origine. Nouvelle nappe, livre qui traîne, petit bibelot décorant la bibliothèque, j'aurai fatalement droit à un interrogatoire. Cela fait dix ans que je la connais, et avant elle je n'avais jamais rencontré une personne animée d'une si envahissante curiosité pour la vie des autres. Mais elle est gentille, et un point commun nous unit : nous partageons sans complexe la passion des ragots de l'immeuble.

Tout en sentant physiquement son regard scanner le moindre recoin de la pièce, je mets en route la machine à café et fais bouillir de l'eau pour me préparer un autre thé. Puis je sors une boîte de gâteaux secs, dont je dispose le contenu sur une assiette, et attrape quelques petits cakes mous qui me restaient dans un sachet.

Deux minutes plus tard, je la rejoins en tenant un plateau sur lequel sont posées nos tasses fumantes.

– Alors, ce nouveau roman ? Ça avance ?

Sans le vouloir, elle a employé le ton qu'on utilise pour savoir comment se porte un bébé, et s'il finit bien ses biberons.

Depuis quelques années, j'ai constaté qu'on prenait d'abord des nouvelles de mon bouquin en cours, avant celles de n'importe quel membre de ma famille. Histoire sans doute de vérifier qu'on pouvait toujours se la péter en disant qu'on connaît une célébrité.

Sacrée nature humaine, va.

Je nous sers, avant de m'affaler en face d'elle dans un fauteuil. Puis je trempe une langue de chat dans mon thé.

– Mouais, mouais, ça va...

– Manque d'inspiration ? demande Domitille, dont les yeux brillent à l'idée de me suggérer les scènes d'un roman qu'elle n'a pas encore lu.

– Non, ça va à peu près...

– Pourquoi tu ne raconterais pas cette histoire, là, qui est arrivée à Tristan l'hiver dernier à Cabourg ? Tu sais, celle avec son chef de produit ?

Je bois une gorgée de mon thé, après en avoir respiré l'arôme.

– Parce que mon roman se déroule dans un campus aux États-Unis, et qu'avec la meilleure volonté du monde, je ne vois pas comment réussir à placer la mésaventure de ton mari qui dévoile incidemment à son patron qu'il est cocu, autour d'un steak tartare.

– Ah. C'est dommage, c'était pourtant une chouette histoire.

Je hausse les épaules.

– Tu sais, les gens s'imaginent que les écrivains s'inspirent de leur vie pour écrire leurs romans, mais c'est faux.

Ma voisine hoche la tête.

Je continue :

– Tiens, par exemple, aujourd'hui je viens de découvrir que les nouveaux rouleaux de papier toilette que j'ai achetés au Monoprix sentaient extrêmement bon. Pour tout dire, chaque fois que je vais faire pipi, j'en attrape un et je le respire avec délectation. Va essayer de caser ça dans un thriller... Et pourtant c'est dommage, ça m'aurait facilement fait cinq lignes de remplissage.

Depuis tout à l'heure, j'écarte comme je peux avec mon pied une intruse quadrupède venue quémander sa dîme.

Elle agite sa truffe en direction des biscuits, tourne autour, tente de s'approcher puis, se voyant sans cesse repoussée, finit par abattre sa dernière carte : le regard qui tue. Assise comme la plus fayotte des élèves les plus sages, oreilles basses, moue piteuse, yeux implorants, la babine légèrement de traviole. Elle est si convaincante qu'on pourrait haut la patte lui attribuer l'Oscar (en l'occurrence, le « César ») du meilleur rôle de crève-la-faim.

Vaincue, je glisse un morceau de gâteau par terre, dont elle ne fait qu'une bouchée.

Triomphante, elle me gratifie d'un petit rot sonore pour marquer sa satisfaction.

Plus classe, tu meurs.

Je pense à un truc :

– Au fait, dis-moi, t'as vu Mme Albéroni récemment ?

– Celle qui habite au 11e ?

– Ouais, dis-je. Je rêve, ou elle s'est fait refaire le nez ?

– Hein, on est d'accord ? demande Domitille. J'avais remarqué la même chose, mais j'attendais confirmation d'une autre personne. Entre le moment où elle est partie en vacances en Tunisie, et le moment où elle en est revenue, elle avait maigri des naseaux.

– Mais elle change de boulot, il me semble ?... Tu veux que j'aille te chercher des sucrettes, ou ça te va ?

– Comment, elle change de boulot ? Elle est toujours infirmière à domicile, sauf qu'elle concentre ses visites en ce moment sur un « certain » domicile, si tu vois ce que je veux dire… Non merci, je vais prendre du vrai sucre. Pourquoi tu as des sucrettes, tu t'es remise au régime ?

– Arrête, tu déconnes, là. C'est qui ? !… Et oui, pour le régime, mais je n'y arrive pas, zéro activité physique, je bosse assise toute la journée, c'est la loose.

– Laisse tomber, t'es très bien comme ça, lâche ma voisine en buvant une gorgée de son café. Si je te dis « je suis un instituteur divorcé récemment monté à Paris, j'ai eu besoin de soins quotidiens pour le changement de mon pansement suite à une brûlure à la main, je suis, je suis… ».

– Ne me dis pas qu'elle a une liaison avec…

(Domitille et moi, en chœur :)

– M. Morillon ! !

– Purée, mais c'est dingue, ça ! je m'exclame en me donnant une petite tape sur le genou. L'instit de sa fille ? Et il en dit quoi, son mari ?

Elle se rengorge avec un petit mouvement goguenard des sourcils.

– Il en dit rien, il est trop occupé à choper la pharmacienne, tu sais, la sublime Antillaise aux yeux de velours. C'est Florence, la préparatrice, qui me l'a raconté, son fils et le mien vont au même cours de judo, le mercredi.

Je ramène une mèche de mes cheveux en arrière. Ils sont si longs que je ne les porte plus qu'attachés n'importe comment. Mon absence de look défini est tel que je me demande parfois si je ne pourrais pas lancer une nouvelle tendance.

Après tout, l'allure sale et dépenaillée typiquement adolescente a bien pu faire éclore la mode « grunge » (qui signifie littéralement « caca entre les doigts de pieds », voyez à quel niveau se niche la révolte de nos jeunes, ma bonne dame, quelle époque on vit…).

Je pourrais peut-être innover et décomplexer les millions de femmes au foyer à qui leur mari reproche d'être négligées, en lançant la mode « bobonne » ?

Oui... oui, je tiens un concept, là, je le sens... On pourrait dire par exemple : pince crabe pour maintenir les cheveux en un chignon informe + haut de pyjama planqué sous une veste pour emmener les enfants à l'école, assorti d'un legging (plus sexy que le bas de survêt, faut pas déconner quand même), et bien sûr, pas de maquillage (le naturel, c'est atemporel)...

Il ne reste plus maintenant qu'à recruter une ambassadrice canon qui accepte d'être médiatisée dans cette dégaine.

C'est là que ça se corse.

– Et à part ça, fait ma voisine, l'air de ne pas y toucher. Ça va, toi, avec ton mari ?

– Laisse tomber, dis-je avec un petit rire. Y a rien à glaner de ce côté-là.

– Non, non, se défend-elle, je ne pensais pas à mal. Très joli, ton soutien-gorge. Le rouge, c'est original comme couleur, ça va bien aux brunes... Et puis, ça plaît aux hommes...

– De quoi est-ce que tu... ah.

D'un geste vif, je repousse sur mon épaule ma bretelle qui dépasse, histoire qu'elle n'apparaisse plus dans la large encolure de mon top en coton.

Heureusement que j'aime bien cette femme, sinon elle m'agacerait.

– Et sinon, tu parlais de régime, tout à l'heure... mais pourquoi, tu fais quel poids actuellement ?

– Je ne sais pas, il faut que je me pèse, dis-je en souriant. Et toi maintenant, ça te fait quel âge, depuis le temps ?

Elle manque de s'étrangler avec son café.

– Je ne sais pas, il faut que je compte… Oh, dis, tiens j'y pense ! T'es au courant pour Mme Fougasse, du 7e ?

– Non, répondis-je, mon radar à commérages déployé.

– Tu te souviens du chantage qu'elle faisait à son fils, à propos de sa copine ?

– Le lavage de cerveau insensé qui disait en substance « c'est elle ou moi » ?

– Celui-là même. Le petit a cédé, il a largué l'amoureuse.

– Nooon…

– Si.

– Mais attend, il a quel âge, « le petit » ? Une bonne quarantaine ?

– Oui, je crois. L'ancêtre a eu peur : cette fois il parlait de la quitter pour s'installer avec « la voleuse de fils », comme elle l'appelait.

– C'est consternant. Mais comment elle a fait pour l'obliger à rester ?

Domitille croise les jambes et affiche une moue du genre « on ne me la fait pas, à moi ».

– Qu'est-ce que tu crois ? Chantage à l'héritage, bien sûr.

– Haaan ! Gerbantissime. Tiens, tu veux une madeleine ?

– Oui, merci. En tout cas, moi, jamais je ne ferai une chose pareille à mon fils. Il choisira la fille qu'il voudra. Non seulement je ne m'en mêlerai pas, mais je ne le retiendrai pas.

Un petit geste de ma main lui signifie « cause toujours, tu m'intéresses ».

– Ouais tu peux crâner, pour l'instant, Robin n'a que cinq ans. On verra si tu fais toujours ta maligne s'il tombe fou amoureux d'une fille qui a dix ans de plus que lui…

– Waah non, arrête, pas dix ans, quand même…

– Ou trente kilos de trop…

– Beau comme il est, tu plaisantes ?

– Ou pire, s'il t'annonce qu'il veut épouser une fille plus vieille que lui, qui a une culotte de cheval et déjà des enfants.

– Quel cauchemar ! C'est hors de question ! Je n'ai pas élevé mon fils pour le brader à la première traînée venue ! Je sais ce qui est bon pour lui, et il m'écoutera !

Le doudou de Chloé m'attend toujours avec son oreille déchirée. Je m'en saisis, choisis un fil d'une couleur assortie, une aiguille dans la boîte à couture, et retourne m'asseoir, un sourire ironique aux lèvres.

– Allez, avoue, tu prends des cours du soir chez la mère Fougasse, petite cachottière ?

Domitille enfourne nerveusement un morceau de gâteau dans la gorge de la petite poilue postée à ses pieds, qui le régurgite aussitôt pour le mâcher un coup avant de l'avaler.

– Toi et tes scénarios abracadabrants, bafouille-t-elle. À part pour quelques cas très particuliers, je te dis que je ne me mêlerai jamais de la vie sentimentale de mon fils.

Elle semble découvrir la tasse qu'elle tient à la main.

– Tiens, elles sont nouvelles ces tasses, je ne les avais jamais vues avant.

– Oui, c'est un service à café que tu es en train d'étrenner, on vient tout juste de me l'offrir et… dis donc, rien n'échappe à ton œil de lynx !

– Déformation professionnelle, petite.

– J'ignorais qu'on avait besoin d'une bonne paire de mirettes pour travailler à la Sécurité sociale.

– Il faut ! Pour détecter les fraudeurs.

– Je comprends. Ça va mieux, ta migraine ?

– Oui, merci, fait-elle en portant la tasse à ses lèvres. Je reprendrais bien une madeleine.

– Je t'en prie, sers-toi, dis-je en lui tendant le sachet ouvert.

Mon reprisage fini, je vais porter le doudou dans la chambre de mes doudous, et le dépose délicatement à côté de leurs deux coussins ronds, l'un vert et l'autre bleu, qu'elles ont astucieusement prénommés Robert et Robleu.

– En parlant de mère abusive, tu ne connais pas ma tante Angèle ?

– Angèle, c'est celle qui habite dans le 19e ?

– Celle-là même.

Je replie mes jambes sous mes fesses et m'installe confortablement sur le canapé.

– Elle a un fils, mon cousin Jerry, un blond rondouillard, parce qu'elle passe son temps à le gaver avec sa cuisine pleine d'huile. C'est une sorte de surdoué chiantissime, mais il est gentil. Même s'il est un peu asocial. Bref ! Il est plutôt beau gosse et il a ramené pas mal de meufs à la maison.

– Et elle ne les a pas acceptées ? demande Domitille, ravie de pouvoir radoter sur une mère plus excessive qu'elle ne le sera.

– En fait, c'est plus pervers. Elle est d'une jalousie telle qu'elle se comporte avec son fils comme si c'était lui, son vrai mari. Mais attention, rien de frontal dans son attitude. L'attaque se situe dans le fiel des sous-entendus qu'elle va faire à ses copines, tout en ingénuité et mauvaise foi éhontée. Une espèce de double langage venimeux à base d'ultrasons uniquement perceptibles par l'oreille féminine, et complètement inaudible par le tympan masculin. Un truc fatal. Du Baygon à nanas.

– Très fort, très très fort…

– Résultat, toutes les filles qu'il a fréquentées ont jeté l'éponge. Jerry, célibataire malgré lui, habite toujours chez elle à plus de trente-cinq balais, et ça m'étonnerait que ça change.

– Ben tu vois. Robin n'est pas si mal tombé, avec une mère comme moi, dit-elle, rassérénée.

Je regarde Domitille siroter sereinement son café.

Les bagues qu'elle porte aux doigts sont en toc, et sa jupe est mal assortie à son gilet.

Elle n'a le temps de rien, elle court toute la journée entre le bureau, l'école et les corvées ménagères. Mais elle n'y pense pas, les besoins de sa famille passent avant les siens.

Soudain, je fonds en larmes.

Surprise, elle repose sa tasse et vient illico s'asseoir sur l'accoudoir de son fauteuil en m'entourant les épaules.

– Ben ma poulette, ça va pas ? Qu'est-ce qui t'arrive ?

– Rien… (Je renifle.)… je suis un peu déprimée en ce moment…

Elle hausse un sourcil, sûre de son diagnostic :

– Tu vas avoir tes règles ?

– Oui. (Je refonds en larmes.) Mais ça va pas durer…

– Pourquoi, t'as changé de pilule ?

– Nooon, c'est parce que… (J'attrape une serviette en papier et je sanglote dedans) je vais bientôt débuter ma ménopause, j'en ai tous les signes…

Domitille, toujours perchée sur le bras du fauteuil, se recule et me scrute un instant en me surplombant.

– Je dois admettre que tu as un paquet de racines blanches.

– Mais c'est pas çaaaa ! C'est juste que ce matin, j'ai découvert ma première ride.

– Où ça ?

– Là.

Je tends mon visage vers elle, et pointe de l'index le coin de mon œil.

– Plisse un peu, pour voir ?

Je m'exécute.

– Mouaiooh… Ça va, c'est raisonnable. Évite de sourire et personne ne verra rien.

– Tu ne comprends pas ce que ça signifie ? dis-je en saisissant ma serviette et en me mouchant dedans.

– Heu, je ne sais pas…, répond-elle. Ça veut dire que je vieillis aussi, vu qu'on a presque le même âge ? Oh oui. Oui c'était ça. C'est une façon détournée de me dire que je deviens une vieille peau ?

Je la recadre, avant que cette hypocondriaque compulsive ne se mette à hyperventiler pour se faire plaindre et attirer toute l'attention sur elle.

Qui c'est qui vient de pleurer ici, elle ou moi ?

– Non, ce n'est pas une question de collagène, c'est juste un état d'esprit. Mes filles grandissent et je ne me sens plus du tout dans le coup. Tiens, la dernière fois, je disais aux poulettes qu'il serait peut-être temps de changer de télé. Chloé m'a demandé : « Tu vas prendre un écran LCD ou plasma ? » Noémie, la cadette, a argumenté : « Prends LCD, maman, il y a moins de reflets. » Et moi je suis restée là, à sourire bêtement, en me disant : « Plasma… pourquoi, ils injectent du sang dedans ? Et LCD, oh mon Dieu, c'est tiré d'une drogue ? » Complètement larguée, mémère. Tu te rends compte ?

Domitille hausse les épaules.

– C'est la vie, ma cocotte. Tu réalises toi aussi que tes filles intègrent des infos que tu ne leur as pas enseignées, donc qu'elles commencent à pouvoir se passer de toi.

Je repère clairement une inflexion revancharde dans sa voix, qui sous-entend : « Nous sommes toutes des mères Fougasse, ma vieille, que tu le veuilles ou non. »

Calmement, je glisse une mèche de cheveux derrière mon oreille.

– Tu fais erreur, Domitille. J'adore que mes filles apprennent des trucs que je ne connais pas : ça me donne l'impression d'avoir de la place en plus dans deux annexes de mon cerveau.

Et vlan. Prends-toi ça dans les dents, vieille névrosée amoureuse de ton fils.

Je continue :

– Le problème n'est pas là. Si je pète les plombs, c'est aussi parce que je me sens en cage, à travailler toute seule à la maison…

Elle lève les yeux au ciel.

– Qu'est-ce que je devrais dire. Si tu es en prison chez toi, alors mon bureau c'est Guantánamo : mêmes horaires et même intimité. OK, tu te sens un peu isolée, mais pas au point de… (elle ricane)… atteeends, tu ne t'es pas remise à parler à ton chien, quand même ?

– Noooon, tu es folle…

Je lance un coup d'œil en biais à Chochana, qui lève sa petite tête poilue et m'adresse une moue de protestation offensée. Heureusement pour moi, si elle sait écouter, elle articule trop mal pour qu'on puisse la comprendre.

– Pourquoi tu ne sortirais pas un peu ?

– Ça m'arrive, bien sûr. Pour faire les courses, emmener les enfants à l'école, déjeuner avec des copines, sans compter les innombrables rendez-vous professionnels…

– Non, je veux dire… va travailler dehors.

– Impossible ! Paradoxalement, je ne trouve l'inspiration que chez moi. Notamment... (j'émets un petit rire gêné)... en faisant la vaisselle. Je ne sais pas pourquoi, je ne sais pas d'où ça vient, mais c'est comme ça.

– T'es sérieuse, là ?

– Ouiii ! Écoute, c'est dingue : les idées dégoulinent, plop ! directement dans ma tête, dès l'instant où le liquide vert rencontre mon éponge. Il m'arrive même de salir exprès des assiettes, rien que pour savoir comment terminer ma scène suivante. Tu m'étonnes que je prenne des kilos, ensuite...

Domitille me contemple, avec dans le regard une lueur de pitié.

Elle secoue la tête, navrée.

– Crois-moi, ma pauvre fille, il faut vraiment que tu sortes de chez toi.

Je lève les yeux vers elle.

« Ma pauvre fille » ?

Tout compte fait, le coup du mille-feuille humain n'est peut-être pas une si mauvaise idée...

9

Prudence, on est sur écoute

Le meilleur moment pour réfléchir à un livre, c'est pendant que l'on fait la vaisselle.

Agatha Christie

Domitille vient de partir. Il est bientôt quatre heures et quart.

Je termine rapidement de laver les tasses avant d'aller chercher mes clones.

Cette fois, pas de « Eurêka ! » dans la baignoire de mes mains en inox. Ça ne fonctionne pas à tous les coups non plus.

Je pose l'éponge près de l'évier, attrape un torchon pour m'essuyer, saisis mon sac, mes clés, crise en cherchant mon portable que je retrouve, en le faisant sonner, sur la tablette de la salle de bains, et je file.

Les deux gringalettes sortent à la même heure, mais pas du même endroit.

Je n'ai pas encore le don d'ubiquité, tant mieux, ça m'arrange : me déplacer au petit trot est une manière pratique de semer quelques calories en chemin, et vous êtes toujours attentif à ce genre de détails quand le mot « sport » n'est plus pour vous, depuis longtemps, que l'évocation du germe d'un végétal.

Aussi je me presse pour aller cueillir ma Noémie de neuf ans, avant de récolter ma Chloé de onze ans et demi devant l'enceinte de son collège.

La cloche vient de sonner, les portes de l'école primaire s'ouvrent.

Noémie apparaît la première, sagement rangée auprès de Léo, un adorable petit bonhomme brun qui forme avec elle, depuis des mois, l'illustration vivante de ce que devait être l'amour courtois au Moyen Âge : mots doux plein de retenue échangés en classe, baisemain, protection chevaleresque... Les parents de ce garçon devraient recevoir une médaille pour la qualité de leur éducation, surtout à notre époque (ça y est, je me remets à radoter comme une centenaire). J'accueille ma nioute en la couvrant de bisous et de pain au chocolat, tandis qu'une mère de famille qui attendait sur le côté se précipite vers moi.

– Madame Abravanel ? Vous êtes la maman de Noémie ?

– Oui... en fait je suis Mme Davidson, je veux dire, Mme Klein...

Elle se recule, méfiante :

– Mais vous êtes bien la maman de Noémie ?

Un jour, je parviendrai peut-être à choisir une bonne fois pour toutes parmi mes trois identités. Si au moins j'avais, je ne sais pas, moi, un accessoire à enlever et à remettre, comme la paire de lunettes de Superman, pour me planquer derrière quand je veux changer de patronyme...

Puisque c'est le nom de mes demi-portions, me faire appeler « Abravanel » ne me dérange pas.

Sauf que, d'un point de vue immatriculation, Aaron trouverait peut-être inopportun que je garde l'appellation de mon premier concessionnaire maintenant que je fais partie de son écurie.

La logique voudrait que je porte sa marque à lui, Klein.

Mais retrouver en divorçant mon nom de jeune fille, Davidson, après l'avoir si longtemps mis de côté, fut l'équivalent pour moi d'un bain de jouvence. Un peu comme si ce nom, inscrit sur la couverture de mes romans, laissait croire aux yeux du monde que j'étais toujours cette jeune fille. (Ce n'est pas de la triche, c'est juste une petite manipulation mentale de rien du tout.)

La dame qui vient de m'interpeller voulait simplement me remettre en main propre une invitation au goûter d'anniversaire de sa gamine. Je la remercie, glisse l'enveloppe dans mon sac, et nous fonçons à présent récupérer Chloé.

En chemin, Noémie me raconte que sa copine Églantine n'a cessé de crâner, pendant toute la récré, en exhibant un autographe prétendument griffonné par Johnny Hallyday.

Consécration ultime, la maîtresse l'a vu et en a été vivement impressionnée.

Ma fille imite la voix de son institutrice avec une facilité qui me laisse sans voix. Tout y est, l'intonation, le rythme, un vrai petit magnétophone. Puis Noémie réfléchit un instant, et me demande :

– Maman, j'ai une idée ! Et si tu me donnais, toi, un autographe ?

– Mais c'est déjà fait, mon amour. Je l'ai dessiné sur ton ventre, en forme de nombril.

Nous faisons quelques pas, quand soudain, elle me serre la main de cette façon si particulière qui signifie « individu louche en vue ». Je le localise en face de nous, sur le trottoir. C'est un homme d'une cinquantaine d'années, qui titube comme s'il venait de fêter son augmentation quinze fois de suite. Aussitôt, j'imprime à sa paume le fameux code secret que je partage avec mes nénettes, qui signifie en morse tactile « individu repéré, mise en route d'une manœuvre d'évitement ». Il s'agit d'une technique de communication silencieuse et ultradiscrète que l'on enseigne dans les écoles de détectives privés.

Enfin, s'ils ne l'y enseignent pas ils devraient, parce qu'elle est rudement efficace.

Après quelques minutes de marche, nous arrivons devant l'établissement de Chloé.

Un jeune de treize ans nous dépasse, pendu à son portable, expliquant à sa mère qu'il rentrera dans un moment car il a été retenu par un prof. Noémie chuchote, dans sa direction : « C'est faaaux... il meeent... » Le sous-titrage vocal, c'est son sport favori.

Le matin, devant les gosses qui se pressent, chargés de leur gros sac, hors d'haleine et en retard, vers les grilles du collège, elle souffle sur leur passage : « heure de coooolle... heure de coooolle... », après quoi nous ricanons de concert.

Ça y est, j'aperçois mon grand bébé qui attend sa maman chérie (moi), et me poste docilement sur le trottoir d'en face afin qu'elle me rejoigne.

Son goûter est planqué, je le lui donnerai plus tard histoire de ne pas l'embarrasser devant ses copines. D'ailleurs une fois à mes côtés, respectueuse jusqu'au bout, en public, de son statut de préadolescente, je réduis les effusions au minimum (et c'est peu dire que ça me coûte, moi que l'on compare à la mémé du petit Nicolas à cause de sa réplique favorite déclinée à l'infini : « Un bisouuu ? »).

Puis, sans perdre une minute, j'attaque mon interrogatoire habituel : Comment vont ses amies ? Qui a fait quoi ? Qui a dit quoi ? Qui a répondu quoi ?

Sa journée constitue pour moi une *telenovela* grandeur nature, dont les acteurs sont tous jeunes et beaux (sous leur acné), avec des prénoms complètement improbables il y a une trentaine d'années.

Je ne me lasse pas d'apprendre que Fantine s'est disputée avec Daisy au sujet d'une place de casier, que ELP (Eolia la Pimbêche) a mis aujourd'hui une paire de bottes si laide qu'elle a certainement dû la piquer à un nain de jardin, ou que Myrtille s'est fait gauler par le prof de maths en train de graver « Théodule je t'aime » sur la table à la pointe de son compas.

Le Théodule en question, alerté par le chahut de la classe, ayant eu cette phrase tellement stylée âge ingrat : « Moi, sortir avec Myrtille ? Je préférerais mâcher une verrue ! »

Emportée par le tourbillon de ces révélations croustillantes, qui me ramènent à un temps que les plus de vingt ans ne peuvent pas connaître, je remarque une trace de stylo sur la joue de ma fille. Rapide comme l'éclair, je dégaine un Kleenex, le mouille de ma salive, et entreprend de frotter doucement la tache sur son visage.

Chloé se recule, horrifiée, en jetant un coup d'œil autour d'elle pour vérifier qu'aucune de ses copines n'a assisté à la scène.

– Mais maman ! Arrête, c'est dégoûtant, tu me nettoies avec ta saliiiive !

Sans me démonter, je parviens à l'astiquer encore un coup, l'ultime.

– Oooh ça va, hein, tu faisais moins ta chochotte quand tu sirotais mon liquide amniotique.

Elle fronce le nez, écœurée, réfléchit un instant, et me demande :

– Puisqu'on parle de choses répugnantes, ça me fait penser, maman… où tu étais, en 1970 ?

– Eh bien, je n'étais pas née. Je suis née deux ans plus tard, dis-je avec une pointe de fierté dans la voix, comme si j'avais prononcé « dix » et non pas « deux ».

– Moi je sais où j'étais, déclare-t-elle satisfaite. J'étais l'ovule d'un ovule.

– Héhé ! Je t'aime, donne-moi un bisou.

– Moi aussi je m'aime, dit-elle en me tendant une joue que je ventouse bruyamment, avant de m'attaquer ensuite à celle de sa sœur, résignée.

Et dire qu'à son âge je croyais qu'on pouvait tomber enceinte en buvant au goulot d'une bouteille, juste après qu'un garçon a bu dedans.

En fait, quand j'étais petite, je croyais que les lots de culottes jetables étaient destinés à être achetés puis jetés aussitôt arrivé à la maison (j'avais vu ma mère le faire, suite à l'accouchement de mon frère. En fait elle s'était juste trompée de taille). Je croyais que, dans les films, les acteurs mettaient un bout de film plastique alimentaire sur leurs lèvres avant de s'embrasser. J'étais terrifiée à l'idée qu'un cerisier pousse dans mon ventre après avoir avalé un noyau de cerise. Et j'ai même tenté, une fois, de faire éclore des œufs achetés en boîte au supermarché en les plaçant au creux d'une écharpe roulée en boule près du radiateur.

Ouais, quand j'étais petite, j'étais à l'aube d'immenses découvertes.

Nous faisons un saut au magasin d'alimentation en face de la maison, malgré les vives protestations des fruits de mes entrailles, qui se croient revenus au doux temps de leur vie intra-utérine, lorsque la nourriture arrivait directement par leur cordon sans qu'ils aient besoin d'aller la chercher.

Qu'est-ce que vous croyez, les microbes, que ça m'amuse ? Moi aussi j'ai été un fœtus, moi aussi j'adorerais me faire servir, comme ça, directement du placenta au consommateur.

Efficacité maternelle, hop hop hop, le tour des rayons se fait en quelques minutes.

Déposés sur le tapis roulant, une caissière scanne les produits tandis que je les range dans un immense sac fluo avec la dextérité d'une championne de Tetris.

Les objets les plus volumineux sont placés en bas, chaque espace est optimisé pour contenir un paquet de la forme adéquate, faisant en sorte qu'au final, rien ne déborde.

Les mamans sont définitivement les sorcières bien-aimées du foyer, accomplissant des prodiges, gagnant du temps, délestant de leurs charges les autres membres de la famille en un tour de nez, comme si de rien n'était.

En retour, elles obtiennent une reconnaissance équivalente : rien.

Arrivées dans notre résidence, les filles croisent Dorothée, une petite voisine de leur âge dont la maman est une infatigable bavarde. Par bonheur, la mère a déjà hameçonné une autre proie, me laissant ainsi la possibilité de fuir avant qu'elle ne repère ma présence. Ou pas. Car les enfants ont dégainé un lot de cartes Pokemon sorties d'on ne sait où, et commencent à se les échanger avec désinvolture, employant un langage aussi accessible que celui d'un ingénieur de la Nasa taillant le bout de gras avec un collègue au sujet du dernier réacteur à la mode.

Rhinoféros niv. 43. PV 90. Niveau 1, évolution de Rhinocorne. La tempête se lève. 30 +. Si une carte Stade entre en jeu, cette attaque inflige 30 dégâts plus 20 dégâts supplémentaires. Défaussez cette carte stade. Cratère. 60. Rhinoféros s'inflige

10 dégâts. Votre adversaire échange le Pokémon Défenseur avec un de ses Pokémon de Banc, s'il en a.

Voilà ce que l'on peut trouver sur UNE SEULE de ces fameuses cartes Pokémon.

Moi, à neuf ans, je jouais à la tapette : tu prends un autocollant Panini, tu tapes dessus avec la paume de ta main incurvée, s'il saute et se retourne : il est à toi. Basta.

Il paraît que les jeux s'adaptent, car le quotient intellectuel des enfants a évolué au fil des décennies.

Ça veut dire qu'on était quoi avant ? Des babouins ?

Un coup de fil sur mon portable interrompt le cours de mes pensées.

– Allô ?

C'est le journaliste d'un grand quotidien. Zut, j'avais complètement oublié qu'il devait m'appeler, celui-là.

Je colle mon oreille gauche contre le téléphone, bouche la droite avec mon index, et réponds à son interview tout en gardant un œil sur les surdouées de la tapette qui me font face.

Il faut toujours faire attention à ce qu'on raconte à un journaliste.

Ma copine la comédienne Jane Finkielstein a failli briser sa carrière en révélant, sous le sceau de la confidence (en « off »), qu'elle avait été doublée dans la scène du baiser masochiste avec un oursin, dans ce film d'art et d'essai qui lui avait valu un grand prix d'interprétation.

Par un monumental coup de pot, l'article est paru dans l'édition du 1er avril du magazine, lui permettant ainsi de faire passer un communiqué soulignant qu'il s'agissait bien évidemment d'une blague.

Tandis que je réponds aux questions de mon interlocuteur, en piochant prudemment dans ma liste de répliques préformatées, je vois Chloé m'observer malicieusement.

Sa sœur et elle me rejoignent pendant que je termine de parler, et nous marchons lentement jusqu'à arriver sur le palier de notre appartement.

Je mets les clés dans la serrure, Chloé glousse.

– Qu'est-ce qu'il y a, ma chérie ?

– Oh rien. C'est juste que j'ai remarqué qu'on pouvait savoir qui t'appelait, simplement à la façon dont tu disais « allô ? ».

– Ah bon ? Comment ça ?

Celle qui m'a rendue mère pose son sac à dos dans l'entrée, à côté de celui de sa sœur, laquelle s'empresse de faire la fête au chien.

– Eh bien, « Mmmâââllooo ? » d'un ton las et fatigué, c'est quand papa est au bout du fil. « Oui, salut, ça va ? » comme si tu étais une adulte surchargée de travail, c'est quand tu parles à mamie ou à papy. Quand tu dis « Allôôô ouiii ? » sur un ton fleuri et étonné, je sais que c'est ton éditrice ou un journaliste au bout du fil. « Oui ? » d'un ton neutre, c'est Aaron. « Allô, ma chériiie ? ! » avec une voix inquiète, c'est quand je t'appelle du collège. « Hey, salut, toiii ! » ultra enjoué et top dispo, c'est n'importe laquelle de tes copines. « Ouaaais ? » avec une intonation fatiguée d'avance, c'est tonton Adam, qui d'ailleurs te répond de la même manière…

Chloé se tait et attend, fière d'elle, les félicitations qui lui sont dues pour avoir démontré combien sa mère était prévisible. Si cette petite péronnelle commence à connaître mon mode d'emploi mieux que je n'appréhende le sien, ça va être chaud.

Heureusement, j'ai ma petite formule spéciale « changement de sujet sans perdre la face » :

– Dis-moi, ma chérie, tu n'as pas des devoirs à faire ?

Au bruit, je comprends qu'un trousseau de clés chatouille la porte. Lorsqu'elle s'ouvre, Aaron apparaît. Ouf, je vais pouvoir un peu souffler.

Son portable collé contre l'oreille, il dépose un baiser sur ma tête du haut de son mètre quatre-vingt-onze, retire sa veste et se déchausse avec sur la figure l'expression d'un intense soulagement. Il caresse la Choch' qui lui bondit dessus avec la frénésie d'un animal qui a donné le change toute la journée à la domestique qui ramasse son pipi (moi), et qui peut enfin laisser exulter sa liesse de retrouver son maître, son roi, son Dieu, le seul, le vrai, celui qui jamais ne se salira les mains à ramasser ses déchets.

Aaron termine sa conversation téléphonique sur un éclat de rire poli, raccroche, et son visage emprunte alors l'expression de la plus parfaite lassitude.

– Quelle journée je viens de passer, je suis crevé, je n'ai qu'une envie, avaler un truc et aller me coucher.

– Bonjour, mon amour. Toi aussi, tu m'as manqué.

– Tu as prévu quoi, à dîner ? dit-il sans remarquer mon sarcasme.

– Je n'en sais rien, je viens juste de rentrer moi aussi, je réponds, harassée d'avance à l'idée d'avoir à inventer un nouveau menu chaque jour.

– Bon, laisse, je vais me faire du pain et du fromage et aller m'allonger avec un truc à lire.

Il est mignon. Il croit que grignoter un bout de quelquc chose m'épargnera la corvée d'avoir à préparer le repas pour le reste de la famille.

Le voilà qui s'avance vers le frigo, mais je n'ai pas le cœur de lui dire que j'ai oublié d'acheter du pain.

Tout en rangeant les courses, j'entends mes petites horloges parlantes hurler « bingo bing ! » depuis leur chambre.

C'est leur jeu tendance du moment : la première qui crie cette formule qui ne veut rien dire au moment où le chiffre des minutes est identique au chiffre de l'heure a gagné. Je sais donc instantanément qu'il est 18 h 18. Et je saurai quand il sera 19 h 19, puis 20 h 20. Pour les autres horaires, je me suis acheté une montre.

Dans la chambre, je rejoins mon tendre époux, mollement allongé sur notre lit, en train de bouquiner. Je me glisse contre son dos pour lui prodiguer un de ces délicieux massages des trapèzes dont j'ai le secret, mais il grogne qu'il n'aime pas les massages.

Je le sais bien, qu'il n'aime pas les massages. Il est juste de notoriété publique que l'on fait souvent à l'autre ce que l'on voudrait exactement qu'il nous fasse, mais la notoriété publique est encore trop privée pour lui, puisqu'il ne me propose rien en échange.

Qu'à cela ne tienne, je vais me faire plus explicite.

Je l'escalade sans me soucier de ses grognements étouffés, et me niche contre lui en cuillère, lui offrant ainsi mon dos à moi.

Rien ne se passe.

– Chéri ?

– Mmh ?

– Tu me fais un massage ? J'ai passé une dure journée moi aussi, et...

Sans me laisser finir ma phrase, il appuie de sa main gauche divers endroits de mon épaule comme on étend de la pâte à pizza, tout en continuant de lire son livre qu'il tient de la main droite.

– Non, si tu pouvais juste... comment dire... malaxer, plutôt que presser...

Aussitôt, il me procure une série de gros pinçons douloureux, que je supporte stoïquement en me mordant les lèvres. Faute de grives, on mange des merles, comme disait l'autre. Si ça ne me délasse pas, au moins tirerai-je un délicieux bien-être du simple fait qu'il arrête.

– Tu pourrais faire un effort, quand même…

– Quoi ?

– Tu vois bien que tu me fais mal.

– Hum… Désolé, je te l'ai déjà dit, je ne sais pas masser.

– L'excuse à deux balles pour ne pas te fouler…

Aaron continue de lire en utilisant mes omoplates comme trépied. Je me retourne, lui arrache son roman, et me colle à lui en plaçant mes bras autour de son cou et ma jambe pardessus son bassin, façon enveloppement de pieuvre.

Il soupire et lève les yeux au ciel.

– Chéri ?

– Quoi ?

– Je me trouve vieille.

– Mais tu l'es.

– Tu… Ah, c'est comme ça que tu le prends ? ! La journée entière passée seule à attendre que tu rentres, je suis déprimée, j'ai mal à la tête, j'ai encore la cuisine à faire et c'est comme ça que tu me témoignes ton intérêt ? Très bien, alors dans ce cas je me casse…

Furieuse, je le repousse avec de grands mouvements dramatiques faisant bouger la couette comme s'il tentait de me retenir, et je récupère mes membres pour les bouter hors du lit.

Puis je percute, me rallonge, et ceinture à nouveau amoureusement son corps massif.

– Bien essayé, mais je reste. Tu ne liras pas ton livre, j'ai un besoin vi-tal de parler.

– Et merde, fait-il résigné. Pourquoi tu n'appelles pas plutôt une de tes copines, histoire de me laisser me reposer ?

– Laquelle ? Doris, qui est coincée au bureau la journée et qui doit gérer le soir ses trois gosses toute seule ? Marie, qui va encore me saouler avec ses douloureux problèmes de peau d'orange ? Clotilde, qui passe son temps à chouiner parce qu'elle se fait régulièrement larguer par des mecs nazes ? Désolée, ma vie c'est pas *Sex and the City*, avec des copines ultra solidaires et toujours dispos qui se voient quarante fois par jour et font du shopping sur des talons de douze centimètres. Pff... Tu vois, je le disais justement à Domitille cet après-midi, je...

– Voilà ! Tu as parlé à Domitille aujourd'hui, tu as donc dilapidé ton crédit de salive, gardes-en un peu pour demain, plaide Aaron en tendant la main pour récupérer son bouquin.

Je m'appuie sur un coude pour soutenir ma tête après avoir envoyé valdinguer son roman par terre d'un coup de fesses. Il n'a rien perdu, l'auteur je le connais, c'est un arrogant raseur prétentieux. En plus, ce n'est même pas lui qui écrit ses livres.

– Domitille ? Cette sale fouineuse ? Chaque fois qu'elle passe prendre un café, j'ai l'impression que la maison subit un débarquement des RG !

– Eeeeh ben. C'est pas joli-joli, ce que disent les femmes les unes des autres...

– Pourquoi tu dis les « femmes » ?

Mon mari me regarde, interloqué.

– Et tu veux que je dise quoi ? Les « hommes » ? Tu veux que je mente ?

– Non ! Les « filles », tout simplement.

– « Filles », « femmes », c'est pareil. C'est toutes des chieuses.

Je soupire en me pelotonnant contre lui. Il m'attrape et m'enserre avec une telle fougue que je manque d'étouffer parce qu'il ne sent pas sa force. Mais j'adore ça.

– Aaron, ce n'est pas pareil. Ça signifie dix ans de différence, au bas mot.

Je soupire à nouveau en posant un doigt sur ses lèvres pour l'empêcher de me répondre. Pour une fois que je peux en placer une, je ne vais pas me gratter.

– Écoute. Il me faut des vacances. Un break, une pause, je déprime pour un rien en ce moment. J'ai besoin de recharger mes batteries, d'éteindre mon ordi, mon téléphone, de ne plus me soucier de faire à bouffer, de respirer un peu d'air pur...

– C'est impossible, déplore Aaron. Tu sais bien que je viens de commencer deux grosses missions, je ne pourrai pas m'absenter avant au minimum six mois.

– Ah non ! Si j'attends aussi longtemps, je vais devenir folle.

– Qui sera le plus à plaindre dans ce cas, demande-t-il narquois, toi ou moi ?

Je réfléchis. Il doit forcément y avoir une solution.

– Et le mariage de ma cousine Charlotte ? Tu vas venir, au moins ? Bon, le seul problème, c'est qu'il te faudra surmonter ta trouille de l'avion, parce que c'est pas la porte à côté...

– C'est où ?

Je me lève, attrape la carte que j'avais posée sur la coiffeuse, et la lui montre.

– Même pas en rêve, désolé chérie, dit-il en me rendant l'invitation.

– Eh bien tu sais quoi ? Je vais y aller sans toi.

Il se redresse, inquiet.

– Sans moi ? Tu veux dire, avec tes parents et les enfants ?

– Niet. Les filles seront en vacances chez leur père, quant à mes parents, ils ont prévu d'envoyer un beau cadeau et basta. Non, j'ai une meilleure idée, l'invitation est pour deux personnes, alors je vais y aller avec ma copine Clotilde.

– On parle bien de celle qui te gonfle à se plaindre sans arrêt de sa vie amoureuse ?

– Celle-là même. Non, mais c'est une chouette fille, en réalité. En plus elle est célibataire, donc c'est la personne idéale pour me tenir la chandelle. Allez, c'est décidé, je vais réserver un sublime hôtel sur place, je pars quelques jours. Aaaaahh, je suis trop contente ! dis-je en embrassant la carte, reconnaissante.

Avant qu'Aaron n'ait pu protester, on frappe à la porte de la chambre.

C'est Chloé qui s'indigne de ce que sa sœur ne partage pas avec elle ses bonbons.

– Quels bonbons ? je demande. En plus on va bientôt dîner.

– Ceux qu'elle garde dans sa réserve secrète. Elle devrait m'en donner la moitié.

Noémie crie, au loin :

– Hey ! T'as trop cru !

Je me lève pour aller voir.

Noémie, avec ses deux nattes (ses petites « antennes de cafard », comme les appelle Aaron pour la taquiner), est assise dans sa chambre, devant les posters de David Boreanaz, de *Buffy contre les vampires* et de *High School Musical* de sa sœur. Elle tient fièrement un petit seau en plastique aux couleurs de Bob l'Éponge, contenant une réserve de confiseries que je ne lui ai pas données.

Ma petite nioute est si généreuse, qu'elle serait tout à fait capable de se priver de dessert pour l'offrir à plus affamé qu'elle. Parallèlement à cela, c'est aussi une furieuse économe qui prend un plaisir fou à engranger. Sa réplique préférée, en faisant bouger ses sourcils de façon comique : « À moi le pognone ! » Et voilà que je la découvre en train de déguster une sucette comme on savoure un bon cigare.

Flegmatique, elle m'explique :

– Aujourd'hui, j'ai eu la meilleure note de la classe. Alors je me suis dit que, pour me récompenser, j'allais m'offrir une friandise que j'ai gardée de l'anniversaire de ma copine Anouk.

– C'était quand, l'anniversaire d'Anouk ?

– Quand j'étais en CP. Une trois ans d'âge, dit-elle avec satisfaction en activant ses petits sourcils.

– Huuuu… Jette-moi cette cochonnerie tout de suite ! !

Zen.

Ne pas s'énerver.

Allez, bientôt je dirai : « À moi la décompressione ! »

10

Danger : volupté

La connaissance s'acquiert par l'expérience,
tout le reste n'est que de l'information.

Albert Einstein

J'adore cet endroit.

Petit, animé, propre, douillet.

J'y viens toutes les semaines pour me ressourcer, faire le point, me tenir au courant de l'actualité. C'est important, dans mon métier.

Celles qui s'en passent se repèrent au premier coup d'œil. Celles qui en abusent aussi.

Parfois, le résultat est rigolo à défaut d'être beau, mais il ne faut pas le dire : certaines de mes collègues ont construit leur carrière dessus.

Moi j'ai le mien, le même depuis des années, où tout le monde me connaît, où je peux avoir confiance, où je ne risque rien.

À condition de ne pas passer entre les mains de mon cousin Jerry.

Jerry, 1,78 mètre pour 100 kilos, blond aux cheveux coupés ras, des lunettes d'intello et un look improbable d'étudiant en fin de mois. Il travaille en extra dans ce salon de coiffure, celui de son oncle en l'occurrence, histoire de se faire un peu d'argent de poche parce que sa trop grande intelligence le handicape socialement.

Il n'a pas fait d'études. Il a juste obtenu son bac à l'âge de quinze ans, en candidat libre, et encore, uniquement pour rassurer ses parents.

Difficile de ne pas s'ennuyer en cours quand on en sait plus que les profs.

Ses passions de l'époque ? Les mêmes qu'aujourd'hui. Que des trucs qui peuvent lui servir partout sauf dans la vie quotidienne : apprendre par cœur des encyclopédies d'astronomie, démonter et remonter tous les appareils électroménagers de la maison pour comprendre leur fonctionnement, imaginer cinquante manières différentes d'effectuer une même action, résoudre son Rubik's Cube en moins d'une minute (idéal pour se la péter devant les filles), écrire des poèmes désuets...

Depuis, il tente de dissimuler son QI de 140, tel un super pouvoir, pour se fondre dans la masse et mener une vie normale. Je confirme, il y parvient à la perfection : un vrai bourrin, toujours le mot pour rire aux dépens des autres.

Quant au boulot, à trente-cinq ans il végète au chômage après s'être fait virer de partout. Trop entreprenant, il ne suivait pas les règles établies, brûlant d'en inventer de nouvelles à peine avait-il investi les lieux.

Sur l'insistance de sa sœur (la mère de Jerry), Alain, le propriétaire du salon de coiffure dans le fauteuil duquel je suis assise, a accepté de le prendre quelques heures par semaine au poste de shampouineur. Faire mousser la tête des clientes, ça ne devrait pas être trop difficile pour lui, non ? Eeeeh ben si.

Un jour où son oncle s'était absenté pour la journée, Jerry a reçu une cliente qui venait au salon pour la première fois se faire faire un petit rafraîchissement.

Tandis qu'il l'aidait à retirer sa veste, il l'a convaincue de sublimer sa couleur en lui en posant une nouvelle. De sa composition. Tout était dans le « de sa composition », que la cliente n'a pas entendu à cause du bruit des séchoirs.

Pour se mettre plus au calme, il l'a fait monter discrètement à l'étage, où il l'a suivie quelques minutes plus tard en portant innocemment un café.

Et là, les pinceaux à la main, tel le grand artiste qu'il croyait être, il a improvisé en touillant plusieurs produits. Free style. Du grand Jerry.

Une demi-heure plus tard, la blonde s'est retrouvée avec une magnifique tignasse aux reflets vert bouteille.

Et lui, devant ce résultat catastrophique, s'est félicité sans complexes : quand il a réalisé s'être trompé, sa crainte était que le mélange ne lui fasse perdre ses cheveux. Or tous les poils étaient bien au complet sur son crâne, ils avaient juste viré de couleur.

Ce n'était pas si mal, après tout, pour une première fois. Les autres coiffeuses, en bas, pourraient certainement lui faire un petit décapage rapide pour corriger son look, si vraiment elle y tenait.

Ensuite, m'a raconté Dolorès (celle qui s'occupe de ma crinière depuis des années), il s'est parlé à lui-même, en rajustant ses lunettes devant le crâne couleur asperge de sa cliente : « N'empêche, c'est intéressant. Ça me rappelle mes cours de dessin, surtout ceux que j'ai séchés. J'ignorais qu'il y avait un composant bleuté dans la mixture, donc forcément, appliqué sur votre jaune… Mais rassurez-vous, maintenant j'ai compris. Vous me laisseriez tenter un truc sur vos sourcils ? »

Avant qu'elle ne retrouve l'usage de son souffle coupé, il a ajouté en baissant d'un ton : « Entre nous, ce n'est pas la couleur, le problème. C'est votre coupe. »

La nana lui a envoyé une gifle magistrale avant de quitter les lieux, hors d'elle, les cheveux humides, sans prendre la peine de faire réparer les dégâts comme il le lui avait suggéré.

Bien sûr, lorsqu'elles ont découvert ce qui venait de se passer, les trois coiffeuses paniquées ont prévenu Jerry qu'elles allaient devoir tout raconter au patron.

Mais l'apprenti sorcier leur avait rétorqué, en empruntant la posture d'un mafioso aguerri : « Allez-y, mes petites mouchardes, je vous en prie, parlez à l'oncle. Je suis sûr qu'il sera ravi d'apprendre que vous m'avez laissé seul pour m'occuper de cette bonne femme. Après tout, lorsqu'il est absent, c'est vous qui êtes responsables des clientes, pas moi… »

OK, reçu 5/5 Al Capone.

À moins de voir réapparaître la furie armée d'un avocat, il fut tacitement entendu qu'il ne s'était rien passé. Le corps sous le gazon avait disparu, il n'y avait pas de mobile, pas de traces, Jerry reprit sa place derrière le bac à shampooing et l'affaire fut classée.

Aaaah, le fameux bac à shampooing.

Assise sur mon siège, feuilletant les magazines tout juste parus sur lesquels je fonds à peine la porte poussée, j'adore observer du coin de l'œil les gens qui s'y font masser le crâne.

Très impudique, comme scrutation. Après tout, ils se font bien tripoter en public une partie du corps les menant à l'extase. Mais c'est plus fort que moi, ça me fascine.

Les mecs qui deviennent flasques, les yeux révulsés, les jambes écartées (invitation inconsciente à descendre plus bas ?), la bouche ouverte d'où dégouline un filet de bave béate sur le menton.

Les nanas qui se lâchent, molles, abandonnées, entrouvrant un œil de temps en temps pour vérifier que leur volupté n'est pas trop apparente, avant d'abdiquer et de replonger dans leur extase flagrante.

Alors, quand mon tour arrive, me sachant forcément épiée, je prends bien garde à conserver l'air le plus neutre possible. Jambes croisées, attitude détachée, je ne m'autorise que des yeux fermés sur un léger sourire, aussi indifférente que si on me polissait les ongles. Personne ne doit savoir quels délices je vis sous mes paupières closes.

Mais aujourd'hui, le nirvana attendra.

C'est le jour du grand badigeonnage de racines blanches, coïncidant avec le mariage de Charles et Charlotte, qui aura lieu le week-end prochain.

Eh oui. Avant, j'étais belle naturellement, maintenant, avec l'âge, je me déguise à être belle.

Les billets d'avion sont réservés, le cadeau est trouvé, la tenue (une robe violette en mousseline de soie) est dénichée, les chaussures (à talons vertigineux, une folie) sont achetées, et l'accessoire ultime, la *final touch* indispensable à toute *fashionista* esseulée qui se respecte (l'amie célibataire), a accepté.

Au-dessus de moi, Dolorès, munie de gants en caoutchouc et d'un tablier, s'emploie à séparer méthodiquement les mèches de mon cuir chevelu, laissant apparaître des sillons sur lesquels elle répand au pinceau une couleur crémeuse un peu piquante.

Magie de la technique me permettant de rajeunir... d'un mois.

Une fois son œuvre faite, elle relève mes cheveux rigidifiés par le coulis noir pâteux et emballe ma tête dans une grande feuille de papier aluminium. Le résultat est inmontrable à quiconque tant il donne l'air ridicule, mais j'ai appris à rester digne.

Après tout, ce ne sont pas quelques jouisseuses exhibitionnistes qui se pâment sous le pommeau de douche qui vont me complexer.

De toute façon, tout le monde a l'air grotesque, chez le coiffeur, c'est ça qui est bien. Ça rend solidaire. Jeune, vieux, riche, pauvre, lorsqu'il a enfilé son grand poncho noir, le cheveu ruisselant et le maquillage dissous, le monde entier ne ressemble plus à rien.

Soudain, alors que j'étais plongée dans un article passionnant et instructif sur cet animateur télé qui a trompé sa femme comme en témoignent les photos, un cri retentit à l'étage.

Les têtes se lèvent, et on entend distinctement quelqu'un beugler : « Aaaah, mais c'est VOUS ! ! Mon mari vous adore, alors là, quand il va savoir que je vous ai vu, attendez que je lui téléphone pour qu'il vienne... »

Alain vient de recevoir un comédien célèbre, me souffle Dolorès, alias mon décodeur à ragots du salon. L'homme, discret, tenait à ne pas être dérangé, alors le patron lui a gentiment proposé de monter à l'étage, croyant qu'il n'y avait personne.

Mais il y avait quelqu'un.

Et le piège involontaire s'est refermé sur lui. Le pire de tous. Le terrifiant traquenard, qui porte le nom de... Mme Mancini.

Elle est gentille, Mme Mancini. C'est juste que lorsqu'elle s'adresse à vous, on a l'impression de se prendre en pleine face le doux murmure d'une trompette de Jéricho.

Quant à son niveau de savoir-vivre, il est très comparable à celui d'une tornade s'invitant à prendre le thé sur notre petit canapé. Alors, quand on est coincée dans le vortex, une seule solution : se cramponner aux murs (du son) et attendre que ça passe.

Alain fait descendre précipitamment Mme Mancini avec sa couleur sur la tête, tandis qu'elle meugle : « Attendez, et ma photo ? Je veux une photo pour montrer à mon mari, il va être content !… »

Vite, il lui colle une pile de magazines dans les mains, histoire qu'elle lâche le téléphone portable qu'elle tentait d'activer, et l'invite courtoisement à passer au bac.

Je me marre : maintenant c'est Jerry qui va l'avoir entre les pattes.

Mais mon cousin, qui a repéré mon sourire sarcastique, riposte aussitôt :

– Regardez-moi qui nous avons là, madame Mancini… mais ! C'est Anouchka Davidson, la célèbre auteur de thrillers !

La grosse italienne blonde se redresse vivement, éclaboussant au passage sa voisine d'une pluie de gouttelettes orange.

Salaud !

Je me recroqueville derrière mon magazine en cherchant presque à entrer dedans, dégoûtée de ne pas avoir glissé dans mon sac ma paire de lunettes de soleil.

J'hésite un instant à m'en dessiner directement au doigt avec la teinture noire qui suinte sur mon front, quand j'entends la réponse de la cliente :

– Qui ça, elle ? demande-t-elle, dédaigneuse, en me pointant de l'index. Pff, elle ne passe même pas à la télé.

– Si, j'y passe ! je proteste, outrée, rabaissant d'un coup mon journal.

– Non, vous avez raison, elle n'y passe pas, ricane Jerry en frottant activement le cuir chevelu de la sexagénaire.

– Je te dis que j'y passe, à chaque sortie d'un de mes nouveaux romans !

– Ah bon, et dans quelle série ? me demande-t-elle sur un petit ton supérieur.

– Eh bien… aucune. En fait, je suis plutôt invitée dans des émissions littéraires, donc…

Mme Mancini ne fait même plus l'effort de faire semblant de m'écouter, elle s'adresse à mon cousin en lui fourrant son portable dans la main avec un billet de dix euros, sans doute pour qu'il aille paparazzer le « vrai » comédien resté en haut.

Un flash illumine la pièce.

Puis un autre.

Je me retourne, et découvre deux clientes en train de me mitrailler avec leur mobile.

Oh non.

Figée, je réalise que des photos de moi, la tête dans une papillote fourrée à la purée de goudron, sont désormais entre les mains d'inconnues au sourire niais.

Une trentenaire aux baskets lamées, qui vient d'interrompre la main qui coupait ses cheveux, me lance avec fougue :

– C'est vous, Anouchka Davidson ? ! Haaan, je ne vous avais pas reconnue, je vous adore, j'ai lu tous vos romans !

Sa collègue reporter, une brune hyper lookée aux cheveux pratiquement défrisés par un brushing en cours, continue de me shooter sans vergogne :

– Moi je ne vous ai jamais lue, mais j'ai vu vos histoires traîner chez mon frère, qui empile toute sa littérature de gare sur l'étagère des toilettes… Je dois reconnaître que sans maquillage, vous ne ressemblez pas du tout aux photos sur la couverture de vos livres…

– Oui, oui, d'ailleurs sur vos photos, vous faites plus mince, dit l'autre, emportée par son enthousiasme.

Paniquée, je jette un coup d'œil à Jerry, mort de rire derrière son bac à shampooing.

Ho, je suis quoi, là, un poster vivant ? Elles sont en train de me détailler comme si je venais de partir cinq minutes dans la pièce à côté. Le fait que je sois connue libère complètement leurs inhibitions semble-t-il. Dommage, ma bonne éducation m'interdit de libérer les miennes.

Courageusement, je tente de me planquer à nouveau derrière mon magazine rempli de pauvres people harcelés et sans défense.

– Dites, c'est une telle opportunité de vous rencontrer…, commence timidement la fille aux baskets brillantes. Heu… voilà, j'ai écrit quelques nouvelles, ho, trois fois rien, et je me demandais si je pouvais vous les envoyer, histoire que vous me donniez votre avis.

La brune aux baguettes de tambour, qui a fini d'être coiffée, lâche son appareil, et se place aussitôt :

– Ah oui ! Mon frère écrit aussi ! Il a même gagné un concours de poèmes. Là il travaille sur un roman dont le héros est un loup-garou amoureux d'une chienne domestique, il a déjà écrit au moins dix pages. Vous voulez les lire ? C'est quoi votre adresse e-mail ?

Je me tourne vers le miroir et observe attentivement mon front, au cas où il y aurait inscrit dessus : « maison d'édition ».

Je ne comprendrai jamais cette manie qu'ont les gens de vouloir montrer leurs textes balbutiants à des concurrents, sous prétexte qu'ils sont renommés, alors qu'ils pourraient sans peine leur piquer leurs idées. Les écrivains sont des vampires, ils se nourrissent de la vie des autres pour en faire palpiter leurs œuvres, c'est connu pourtant. Déjà qu'entre eux, ils se mordent à qui mieux mieux... Moi je refuse toujours poliment, arguant d'un manque de temps. Mais certains collègues acceptent, pour ne pas mal se faire voir du lecteur transi qui leur en fait la requête. Lequel ignore que son précieux manuscrit ira, dans le meilleur des cas, se faire recycler.

Pour m'avoir fichue dans une situation pareille, le mécanisme de la vengeance que je réserve à mon cousin vient de s'enclencher. J'entends déjà le petit tic-tac s'égrener dans ma tête, car ce qu'il va morfler, ça va être bonbon.

Dolorès, qui vient me proposer un café, en profite pour demander gentiment à ses clientes de ne pas m'indisposer. C'est une mère de famille douce et attentive, qui possède la particularité de changer de look capillaire comme on change de culotte. À chacune de mes visites, c'est la surprise : un coup elle est brune à cheveux bouclés, puis rousse à cheveux raides, puis aubergine à cheveux courts, puis châtain avec des mèches... Les clientes qui ont essayé d'évaluer ses capacités professionnelles en se référant à sa coupe du moment en ont été pour leurs frais : elle ne garde ses excentricités que pour elle. Dans ce petit établissement, les coiffeuses manient les ciseaux avec une virtuosité qui ferait pâlir d'envie les employées des plus grands salons.

Face à la glace, il me monte soudain l'envie violente de tout changer. Comme ça, d'un coup.

J'en ai assez de mes cheveux longs. Et si je profitais de mon escapade avec Clotilde pour me relooker ? Depuis combien de temps n'ai-je pas sérieusement raccourci mes tifs ?

J'attrape un grand catalogue de coupes tendance posé sur la console devant moi, et commence à le feuilleter.

Jerry, me voyant faire, s'approche dans mon dos, et lâche, ironique, en désignant une photo d'un coup de menton :

– Huuum, celle-là est jolie. Mais si je peux me permettre, c'est pas parce que tu auras sa coupe que tu auras son visage.

Les roulettes de mon fauteuil grincent lorsque je me tourne vers lui.

Il précise, paumes tournées vers le ciel :

– Enfin moi, je dis ça, je dis rien.

– Jerry, à quoi ça te sert d'avoir un QI de 140 si tu n'utilises que les deux derniers chiffres ?

Il hausse les épaules en soupirant et va s'affaler sur un siège.

– Pourquoi les femmes ne supportent-elles jamais qu'un homme leur dise simplement la vérité ?

– Un homme ? Où ça ? Moi je ne vois qu'un bébé à sa maman… Au fait, j'ai oublié de te demander, la femme de ta vie va bien ?

À ces mots, je le vois changer de couleur, tel un vampire à qui on présenterait brusquement une gousse d'ail trempée dans l'eau bénite.

– Aaaah, l'amour…, susurre la blonde à baskets dorées. C'est difficile, n'empêche, la vie de couple. Avec mon petit ami, on passe notre temps à s'engueuler pour tout et pour rien, alors qu'en réalité, on s'adore !

– Oh oui, dis-je, c'est pas facile-facile, la vie à deux. Pas vrai, Jerry ?

Mon cousin me lance un regard si noir qu'à la limite, je pourrais presque me passer de teinture et m'en badigeonner le cuir chevelu.

Zoé est une coiffeuse d'une quarantaine d'années, qui porte des anglaises, un haut en résille et des *plateform shoes*. Pendant qu'elle effile la mèche qu'elle tient entre deux doigts, elle intervient en lançant une de ces délicieuses conversations où chacune met son grain de sel.

– C'est quand la dernière fois que votre mari est rentré à la maison avec des fleurs ? Parce que moi, je ne veux pas faire ma crâneuse, mais j'en ai eu hier...

– Hoooouuu, la crâneuse ! grince Dolorès, en finissant de peigner sa cliente.

– Eh bien moi, dit la brune hyper lookée en faisant la moue, ça m'étonnerait que mon copain m'offre quoi que ce soit, vu qu'il boude en ce moment. Et dans ces cas-là, ça peut durer des jours.

Un tonitruant et impératif « *Call me* » résonne dans l'air, nous faisant tous sursauter.

C'est la sonnerie du portable de Mme Mancini, dont le volume est réglé à son maximum.

Elle le récupère, le plaque contre son oreille, et à la voix harmonieuse de la chanteuse Blondie succède celle de la cliente, qui l'est beaucoup moins.

C'est marrant de se dire que tous les goûts sont dans la nature. Et que cette bonne femme, toute horripilante qu'elle puisse être, est pour quelqu'un, son mari, son amant, son fils, son père ou son ex, la femme de sa vie. On n'y pense pas souvent, hein, mais des gens comme son chef de bureau harceleur ou sa banquière psychorigide, qui nous sortent par les narines, sont des gens qui peuvent être aimés à la folie dans un autre contexte.

Je n'ai pas dit qu'il fallait, je dis juste que c'est possible.

Je hausse un peu le ton, pour couvrir le bruit de fond.

– Moi je pense que l'important, c'est une personne aimante qui veille sur vous et vous préserve des accointances avec de mauvaises fréquentations. Pas vrai, Jerry ?

Jerry ne répond pas.

Il fait mine de s'absorber dans la contemplation des verres de ses lunettes qu'il nettoie méticuleusement avec un petit chiffon. Sans doute pour que les rayons de haine que ses yeux m'adressent ne soient plus atténués par des empreintes de doigts.

Je me lève et me dirige vers le vestiaire chercher mon portable pour envoyer un texto, puis je reviens m'asseoir quelques minutes plus tard.

Ils n'ont visiblement pas changé de sujet, car la fille aux baskets est en train de faire l'inventaire des griefs qu'elle a contre son homme.

– Il est allergique à cette simple phrase : « Il faut qu'on parle. » Pourtant, en parler c'est déjà résoudre la moitié du problème, non ? Eh ben non, pas pour lui. Quand il m'écoute, dit-elle en ébouriffant sa nouvelle coupe devant le miroir, c'est avec l'enthousiasme de quelqu'un contraint d'avaler une rasade d'huile de foie de morue parfumée aux doigts de pied. (Elle secoue la tête, à la fois d'exaspération et aussi pour le plaisir de faire bouger le nouvel agencement de ses cheveux.) Mais pourquoi les hommes comprennent-ils si mal ce qu'il faut faire pour nous rendre heureuses ?

– Ouais, je suis d'accord. Pas vrai, Jerry ?

– Anouchka, on va passer au bac, prévient Dolorès en me frôlant les épaules.

Je la retiens en l'attrapant doucement par le bras.

– Regarde. Je voudrais que tu me fasses cette coupe-là, après, dis-je en pointant un modèle de l'index. C'est exactement celle que j'avais à vingt ans.

Pour me répondre, elle me fixe dans la glace, et je m'adresse à elle de la même manière.

Plutôt que de nous mettre face à face, nous discutons avec nos reflets respectifs.

Je n'ai jamais compris pourquoi les coiffeuses agissaient ainsi. Sommes-nous en train de devenir si belles que nos images nous hypnotisent, au point de ne pas pouvoir les quitter des yeux ?

Si c'est le cas, j'ai du mérite avec ma choucroute en alu sur la tête.

D'ailleurs elle me la retire, laissant mes tifs se répandre en mèches gluantes sur la large collerette de plastique transparent attachée à mon cou.

– Réfléchis bien, le modèle que tu as choisi est peut-être un peu court et tes cheveux sont épais, tu sais...

– Si, si, ne t'inquiète pas, je ne compte pas me passer de brushing. Par contre, ces petits trucs qui rebiquent, là, tu ne me les fais pas, non, non, et je veux la mèche de devant exactement de cette façon...

Commence alors un cours de traduction simultanée, où j'apprends à décoder son langage technique, tandis qu'elle tente de déchiffrer mes expressions approximatives.

Elle sait qu'il ne faudra pas me louper, car je suis une cliente exigeante, pointilleuse, bref, chiante. Si je veux qu'on me coupe trois centimètres de pointes, gare à celle qui m'en coupera cinq sans l'avoir solidement négocié auparavant. Elle risque aussi de perdre des cheveux, mais pas coupés, arrachés.

Finie l'époque où, à la question satisfaite de la coiffeuse de savoir si ce qu'elle s'était amusée à inventer me plaisait, je balbutiais « oui, c'est bien. Merci madame », réglais, et quittais le salon les larmes aux yeux, la tête ornée du casque de Mireille Mathieu.

Ma consolation ? L'assurance que le fait de planquer mon crâne les six prochains mois sous un bonnet fera au moins une heureuse : ma mère.

Dolorès et moi sommes parvenues à un accord sur les modalités du plan de restructuration de ma tignasse, je peux aller me faire shampooiner.

Mais là, l'horreur.

Un seul bac est disponible et Jerry m'attend derrière, faisant claquer les gants en caoutchouc qu'il a enfilés avec un rictus inquiétant.

Comme si de rien n'était, je prends place sur le siège, bascule ma tête en arrière, croise les mains sur mon ventre, et dis, en le regardant à l'envers :

– Ça va, cousin ?

– ...

– Mon p'tit cousin chéri à moi que j'ai.

– ...

– Frotte fort. Et froide, l'eau, hein, limite glacée, n'hésite pas. J'adore ça.

La brune lookée s'admire dans le miroir en passant les doigts dans ses cheveux raidis, hésitant entre deux angles pour placer sa mèche. Puis elle sort de son sac un rouge à lèvres criard, et commence à s'en peindre les lèvres en faisant de grosses mimiques ridicules avec sa bouche.

– Dis-moi… hhmm… Jerry… je ne savais pas que tu… hhmmm… avais une copine ?

Lentement, je sens le jet de la douchette s'avancer en cercles concentriques vers mon front.

Je chuchote dans sa direction, doucement, pour que personne n'entende :

– Jerry, ne t'amuse pas à ça, j'ai des lentilles…

Il me répond sur le même ton :

– *Mazel Tov.* En quoi ça me concerne ?

Je m'adresse à la brune :

– En fait il…

Le jet frôle mes sourcils. Je serre les dents. Cette fille le drague, manifestement, il faut qu'elle sache à quoi elle s'expose, qu'elle soit préparée. Mon cousin n'avoue jamais qu'il habite encore chez sa mère. Il use de stratagèmes éculés pour contourner la question, jusqu'à ce que finalement la pauvre amoureuse tombe sur ma tante. Sans préparation, elle n'a pas la moindre chance de tenir une journée. Les nanas le larguent immédiatement après la confrontation avec le cerbère de son célibat, et il continue de se demander pourquoi.

Le sujet est tabou. Il est l'heure d'en venir à bout.

– Mon cousin vit…

Mais je ne peux pas continuer, soudain un jet frigorifique me liquéfie l'oreille.

Sourde d'un tympan gorgé d'humidité, je me retourne brusquement pour l'engueuler, mais comme il ne s'y attendait pas il garde le jet levé et me douche jusqu'à la taille.

La teinture qu'il n'a pas eu le temps de frotter, mêlée à l'eau, ruisselle sur mon visage, m'imprégnant jusqu'au cou de traînées noirâtres persistantes.

Complètement trempée, j'ouvre la bouche pour dénoncer sa maladresse en quelques notes suraiguës, lorsqu'une voix familière m'interpelle.

– Anouchka ? Anouchka Davidson ?

Je tourne la tête, et vois descendre de l'étage, amusé, le comédien précédemment sauvé des griffes de Mme Mancini.

Arrivé à ma hauteur, lui et sa nouvelle coiffure me tendent la main précautionneusement, craignant de se salir en frôlant mon poncho ruisselant d'eau noirâtre.

Je la lui serre, dans un état second.

Autour de nous, un flash se met à crépiter. Puis un deuxième.

Je crois que je me suis rarement sentie si humiliée. À part la fois où je me suis retrouvée en tee-shirt et culotte sur le palier, parce que la porte de mon appart s'était refermée derrière moi pendant que j'embrassais Aaron jusque dans l'ascenseur. J'ai dû dévaler l'escalier dans cette tenue pour le choper en bas, récupérer ses clés. Et bien sûr, pour une fois que je pensais avoir échappé à la petite vieille du rez-de-chaussée qui surveille tout le monde, je suis tombée nez à nez avec mon voisin libidineux qui prenait son courrier, les pupilles dilatées jusqu'à la moelle, sifflant « jolis mollets ! » en référence à mes jambes pas épilées.

L'homme qui me contemple, offrant une ressemblance saisissante avec une serpillière imprégnée d'eau sale, est un acteur que j'avais snobé devant tout le monde lors d'un cocktail organisé pour l'attribution d'un prestigieux prix littéraire. Or, j'avais été la seule à le faire, à ne pas me plier au petit jeu hypocrite du flattage d'ego. C'est vrai, quoi, tout le monde se pâme d'admiration devant ce type, alors qu'en réalité, c'est juste le fils de son père (une légende vivante du cinéma). Si encore j'aimais ses films... mais même pas.

Seulement ce dragueur lourd l'avait mal pris, n'ayant pas l'habitude de se faire éjecter aussi sec en public.

La jubilation inscrite sur son visage prouve aujourd'hui combien il savoure ce moment.

Mme Mancini réarme son appareil, et la fille aux baskets dorées me demande, juste pour la forme :

– Oooh, moi aussi je peux faire une petite photo de vous deux ? !

Tout sourires, il répond :

– Mais bien sûr ! Ça ne te dérange pas, Anouchka ? Pour trois gouttes d'eau...

Et sans attendre ma réponse, il prend la pose en inclinant jovialement la tête vers mon visage inmontrable.

Alors, juste avant qu'elles n'appuient sur leur bouton déclencheur, je me presse soudain contre lui, ruine sa chemise blanche et lui applique tendrement le sommet de mon crâne imbibé de teinture noire contre la joue.

– Dis cheese !

11

À la rescousse !

Celui-là a eu du courage, qui a été le premier à manger une huître.

Jonathan Swift

– Merci encore, Anouchka, pour cette invitation. Toi t'es une amie, une vraie.

– Mais non, je t'en prie…

– Si ! Aaah si ! Tu as tellement insisté pour que je vienne, que je ne reste pas seule chez moi à me morfondre après ma rupture avec Achille…

– C'était pas Eliott ?

– Mais non, Achille ! Eliott, c'est terminé depuis deux semaines.

– Oui, bien sûr, je le savais. J'ai juste confondu leurs prénoms.

Son menton tremblote, et elle fond en larmes dans sa serviette :

– Maintenant que j'y pense, Eliott me manque aussi…

Je l'attrape par les épaules, embarrassée d'être le centre d'intérêt de ceux qui passent près de nous.

– Oh non pas encore, pitié ! Clotilde… youhou, ma poulette… reprends-toi, les gens nous regardent…

– Je sais, pardon, je suis désolée. (Elle renifle un grand coup, et essuie son visage chiffonné contre le dos de sa main.) Voilà, c'est passé. Fini. On est là pour s'amuser, hein ?

– Ouiii, on est là pour s'amuser, faire la fête, *shake our booty* !

Je tente d'avoir l'air gaie, mais en réalité, je suis effondrée. Si elle continue avec ses jérémiades, elle va me plomber l'humeur. Laquelle était déjà loin d'être primesautière, avant de venir ici. C'est vrai, quoi. Si j'avais eu envie d'être saoulée, j'aurais tout simplement bu.

– Alleeez, on n'est pas bien, là, ma Clotilde ?

De la main, j'embrasse l'espace qui nous entoure, sans la quitter des yeux :

– Tranquillement assises à cette table, sachant que nous rejoindrons dans la soirée nos chambres réservées dans le palace comportant le plus luxueux spa de la région, prêtes pour cinq jours de farniente absolu, libres comme deux adolescentes en goguette dans cet endroit sublime, entourées de ces gens si charmants étrennant leur tenue guindée achetée pour l'occasion, portant ces chapeaux si... baroques, et qui, pour certains, ont l'indéniable privilège de faire partie de ma famille ?

– Oui, oui...

– Sans compter tous ces beaux célibataires qui n'attendent qu'une chose : faire ta connaissance !

Ses yeux s'illuminent.

– Tu crois ?

– Absolument. Sais-tu que trente pour cent des gens ont rencontré leur futur conjoint lors d'une réception de mariage ?

– Ah bon ? !

Ça y est, elle est chauffée. Moi et ma manie d'inventer des statistiques bidons pour confirmer mes propos…

Allez, on embraye maintenant. En douceur, sans la brusquer.

– Bon, c'est pas tout de s'appesantir sur l'aridité de ta vie sentimentale, mais tu ne m'as même pas dit ce que tu pensais de ma nouvelle coupe. Par « dire », j'entends « complimenter », bien sûr.

Son menton s'affaisse instantanément.

– Quoi, c'est si moche que ça ? Oooh, mais ça va, Clotilde, c'est bon, je plaisantais quand je parlais de tes histoires de cœur. Si on ne peut même plus rigoler. Tu ne connais pas mon humour pourri, depuis le temps ?

Un petit sourire apparaît sur son visage, chassant les nuages qui menaçaient d'apparaître.

– Si, ma biche, bien sûr que je connais ton humour. Mais je t'en supplie, promets-moi un truc.

– Bien sûr, ma caille, quoi ?

– N'écris jamais autre chose que des thrillers.

Je lui mets un petit coup de serviette sur le bras.

– Promis.

Autour de nous, la foule est devenue plus dense, les gens commencent à arriver par vagues. J'attrape mon sac et me lève.

– Allez, ma grosse, viens, on va faire un tour au buffet.

Qualifier Clotilde de grosse, c'est la flatter.

En vérité, c'est moi la dodue de la farce.

Ma garce de copine entre dans un 36 sans avoir besoin de s'empêcher de respirer.

Elle est en outre pourvue d'un nez légèrement busqué, de cils transparents et d'une mâchoire trop carrée qui me font l'apprécier davantage, ne serait-ce que parce que ces petits défauts la rendent touchante. Elle a aussi des lèvres fines, ai-je oublié de préciser, histoire qu'elle soit plus touchante encore.

Ce soir, pour mettre en valeur ses cheveux blonds mécaniquement bouclés, elle porte une petite robe noire toute simple, ras de cou mais dos nu.

Elle peut se le permettre, elle n'a pas de nichons.

J'admets pourtant qu'elle est ravissante, mais je ne le lui dirai pas vu qu'elle n'a fait aucun commentaire sur ma nouvelle coupe.

Comme si elle avait lu dans mes pensées, elle m'avoue :

– Au fait, mon Anouchka. J'adore ce que tu as fait à tes cheveux. Comme disait ma grand-mère : « La beauté est mère de tous les vices. » Tu es tellement jolie, ça te chaaaaaaange !

Ah. Je ne sais pas trop comment je dois le prendre, là.

Déjà, je crois que je vais la laisser s'afficher avec ses proverbes relookés à la sauce « ma grand-mère n'avait plus toute sa tête quand elle me les a appris ».

– Nounouchk !

Avant même d'avoir eu le temps de me vexer, deux bras frêles mais fougueux m'enserrent violemment. Je me retourne et tombe nez à nez avec une paire de joues ridées au centre desquelles se trouve une petite bonne femme sexagénaire à la coiffure choucroutée platine, au rouge à lèvres corail, vêtue d'un tailleur jupe pailleté orange du plus bel effet.

Le look idéal pour passer inaperçue dans un champ de citrouilles.

– Aaaaah, tata Muguette ! Quel plaisir, comment vas-tu ?

Nous nous embrassons, heureuses de nous revoir. Elle jette un coup d'œil à mes côtés.

– Mais dis-moi, ma fille, où sont ton mari et tes enfants ?

Je fais la moue avec un petit sourire contrit. Je sens que ce soir, on va beaucoup me poser la question.

– Restés à Paris, les nioutes sont chez leur père, et le mari avait du travail.

S'évadant par-dessus mon épaule, elle me serre contre elle à nouveau en me frottant le dos affectueusement.

– Il faut absolument qu'on prenne le temps de discuter, que tu me dises comment ils vont, comment vont tes parents, ton frère et ta carrière, mais tout à l'heure, hein. Là, j'ai repéré une friandise appétissante au buffet...

Ma copine intervient :

– Ah ? Ils ont servi les petits-fours ?

Espiègle, ma tata lui envoie un clin d'œil appuyé :

– Qui a parlé de manger ?

Et elle nous laisse pour trottiner vers sa proie, un élégant quinquagénaire dégarni portant un blazer bleu marine, qui l'accueille en lui tendant une coupe de champagne.

Clotilde rigole :

– Elle est marrante, elle drague encore à son âge ?

– Viens, faisons vite si je veux qu'il reste quelques mecs à te présenter. Je ne savais pas qu'elle viendrait, cette femme est une... une... insatiable.

Clotilde s'esclaffe de plus belle. Je la fixe froidement.

– Je ne plaisante pas.

Elle s'arrête net.

– OK... Je te suis.

Le grand hôtel qui nous accueille est situé dans un parc boisé soigneusement entretenu.

La salle où nous nous trouvons, immense, est somptueuse. Le marié étant le fils unique d'un homme richissime qui a fait fortune dans la boîte de conserve autochauffante, force est de constater qu'ils ont fait les choses en grand.

Plusieurs dizaines de larges tables rondes sont dressées, sur lesquelles sont placés en leur centre un chandelier de trois bougies et une composition florale dans les tons ivoire. Des rubans de soie couleur or relèvent élégamment la nappe par endroits. Une autre salle plus petite, annexée à la salle de réception, est uniquement destinée au cocktail.

D'imposants lustres en cristal étincellent de mille feux, et les grandes baies vitrées, dont certaines sont ouvertes, donnent sur une large terrasse et sur une piscine en contrebas.

Personnellement, j'aime bien les mariages parce qu'on y porte d'improbables tenues chatoyantes et colorées.

Je les aime parce que tout le monde se fait beau et que chacun inspecte l'autre pour voir s'il s'est fait plus beau que lui. Parce que les gens sont gentils et font semblant d'être heureux de se retrouver en poussant de petits cris de joie, alors qu'ils ne se reverront plus jusqu'au prochain mariage. Parce que la nourriture est servie à profusion en petites portions, du coup il y a tant de saveurs différentes à goûter que ce sont les seuls moments de notre vie où on regrette de ne pas être une vache, cet animal heureux qui a quatre estomacs.

Et enfin parce que les amis et la famille dansent ensemble dans la joie et l'allégresse, et que plus tard, en regardant la vidéo de la soirée, ce sera l'éclate assurée.

Il y a le cousin inhibé, qui fait de petits pas croisés en pliant les genoux, sans bouger le haut du corps, laissant son regard errer dans le vague comme s'il attendait l'arrivée de quelqu'un pour vraiment commencer à se la donner.

Il y a la sœur du marié, polie et bien élevée pendant le cocktail mais qui, une fois le pied posé sur la piste, entame un show sensuel, faisant crever d'envie de l'imiter l'entravée à la meringue blanche, allumant tout ce qu'elle peut frotter, alternant oscillations de croupe et entrechoquements de mamelles, sans oublier, le plus important, les multiples fouettages de cheveux dont elle cravache son voisinage immédiat.

Il y a le meilleur ami qu'on a honte d'avoir invité, qui fait onduler son corps de manière si invraisemblable qu'on se demande s'il est vraiment responsable de son ballet ou s'il est juste envoûté par les esprits du burlesque.

Il y a l'oncle *dancing king* qui pousse tout le monde pour entraîner la mère de la mariée dans un tango débridé et fougueux, la mariée en question rageant d'avoir choisi cette grosse robe encombrante qui plombe ses jambes, ne lui permettant pas d'autre chorégraphie qu'une petite *Macarena* avec les bras.

Non, vraiment, commenter les vidéos des mariages où l'on vient d'aller, affalée sur un canapé en pyjama, à partager un pot de Ben and Jerry's avec une autre commère à côté de soi, est un délice de connaisseur.

Autour du buffet se presse une foule clairsemée, car nous sommes parmi les premières arrivées. Les mariés sont postés à l'entrée de la salle, saluant chaque invité et posant avec, à la chaîne, pour la photo souvenir. À garder ce sourire constipé devant l'objectif pendant des heures, bonjour les crampes de la mâchoire ensuite. Je le sais, j'ai déjà vécu ça. Deux fois.

Charlotte, ma cousine mariée, porte une robe près du corps, en tulle rebrodé de perles, d'une éclatante couleur blanche. Elle a évité la meringue, mais je ne suis pas sûre qu'elle puisse faire dans ce fourreau autre chose que de petits pas de geisha. Ce qui prouve qu'elle a bien intégré le rôle qui serait le sien, désormais.

Charles, son époux depuis peu, est vêtu d'un élégant mais ô combien criard costume tout aussi blanc.

Voilà une mode qui me consterne, que celle de ces hommes portant un smoking enfariné, alors qu'ils sont supposés rester galamment à leur place dans leur habit noir de pingouin, laissant à leur épousée le luxe d'illuminer la cérémonie de sa beauté.

C'est facile de vouloir tout partager, mais alors, pourquoi n'est-ce que pour les trucs drôles ? Le moment venu, ce n'est pas eux qui iront au bureau drapé dans une toge, par solidarité avec bobonne qui n'entre plus dans un seul vêtement à sa taille dès le quatrième mois de grossesse. Là, sans la frime, il n'y aura plus personne.

Clotilde se penche et reste immobile, à surplomber la longue table garnie de mille délices colorés présentés de mille autres fabuleuses manières, essayant tant bien que mal de retenir ses yeux qui menacent de sortir de leurs orbites.

Elle a décidé de ne s'accorder que trois petits canapés en tout et pour tout avant le dîner, aussi met-elle un soin maniaque à choisir lesquels.

Moi, bien moins scrupuleuse, j'ai décidé que ce soir, je ne ferais pas de quartier. (Comme tous les soirs, d'ailleurs.)

Tout est dans l'art de savoir se saisir discrètement d'un petit-four pour le porter à notre grand four sans avoir l'air d'une goinfre. Il suffit pour cela d'emprunter ce fameux petit air hypocrite « c'est pas moi, c'est ma main », tout en semblant plongée dans des considérations infiniment moins triviales, du style « au fait, ai-je bien éteint la lumière du salon, avant de partir ? ». Le tout en étant plus rapide que la petite vieille morfale à côté de moi, qui fait une razzia sur les meilleurs canapés en les empilant par dizaines dans une assiette, soi-disant, précise-t-elle avec un sourire pas gêné du tout, pour aller les porter à ses amies restées assises à leur table (les fameuses amies « mon bidon », « mon ventre » et « ma brioche », hein, mon œil).

Clotilde, fascinée, contemple avec attention une rangée de canapés ornés de larges petits œufs gris.

– C'est du caviar, à ton avis ?

– Qu'est-ce que ça peut faire ? dis-je en attrapant un de ces toasts que j'avale en une bouchée. Hum... oui, je confirme, c'en est.

– Hey ! Mais ça coûte un rein ! Attends, dans ce cas moi aussi je vais en prendre...

Je hausse les épaules en fondant sur une petite verrine remplie de couches de purées de légumes à l'aspect joliment bariolé.

– Ne sois pas bête. Depuis quand est-ce un chiffre en euro qui donne son goût à un aliment ? Jamais personne ne boufferait de ces immondes trucs visqueux s'ils coûtaient le prix du surimi.

Elle lève les yeux au ciel, tandis que je tapote les commissures de mes lèvres avec une serviette en papier :

– Attends, tiens, tu connais la nouvelle mode qui déferle en France ? Plus cher, donc plus haut de gamme que le caviar, prépare-toi à découvrir... les œufs d'escargot ! Visuellement, on dirait de petites perles de sperme, mais après tout, si ça permet d'épargner les esturgeons... À quand un petit malin qui aura l'idée de proposer la luxueuse dégustation de canapés aux œufs d'araignée, pour les soirées d'Halloween chez l'ambassadeur ?

– Hum..., dit-elle en louchant sur les grains sombres, sans m'écouter.

– Tiens poulette, essaye plutôt ça, je propose en lui tendant une verrine.

– C'est quoi ?

– Un truc pas cher.

Elle la prend mais la repose aussitôt, avant de se saisir avec délicatesse d'un second toast au caviar, qu'elle respire pieusement avant de le savourer, yeux fermés, surfant sur une vague de bonheur.

Incorrigible snobinarde, va.

Je décide tout de même d'insister.

– Dis, copine, si je te donne, je ne sais pas, moi… un pain au chocolat qui a été emballé dans du papier aluminium. Et que sur ce pain au chocolat, il reste un morceau de papier alu collé dessus, tu fais quoi ?

– Ben… je le repose.

– Pourquoi ?

– Parce que ça fait grossir.

– Noon ! Le pain au chocolat n'est qu'un exemple, bourrique. Ça pourrait tout aussi bien être, je ne sais pas, moi, un concombre.

– Dans ce cas, je décolle le papier alu et je croque le légume.

– Pourquoi ?

Elle me regarde, consternée.

– Parce qu'à moins de t'appeler Nono le Robot, ça ne se mange pas, la ferraille.

Hop ! Je dégaine sous son nez un canapé au foie gras recouvert d'un petit bout de feuille dorée.

– Donc si je suis ton raisonnement, ça, tu ne le bouffes pas ?

Ses yeux s'écarquillent.

– C’est bien de l’or ? demande-t-elle en frôlant la décoration de l’index.

– Vingt-quatre carats.

– Donne !

Elle s’en saisit en me l’arrachant des mains, et l’enfourne avec la violente jouissance de la névrosée qui aime absorber du métal, et qui vient brusquement d’avaler son plombage.

Irrécupérable.

J’en prends un aussi, espérant qu’en le boulottant très vite, ma conscience pensera que c’est du pâté et non du foie gras que j’ingurgite. L’aliment dont j’avais juré arrêter de me gaver, par fraternité envers ces pauvres oies qui, elles, n’ont pas le choix.

J’attrape ensuite Clotilde par le bras, et l’entraîne en direction de mon cousin Ruben, que je viens d’apercevoir.

La quarantaine, grand, voûté, dépressif chronique, sauf quand il est amoureux, ce qui ne lui arrive pas souvent vu l’air de chien battu qu’il affiche en permanence.

L’homme idéal pour Clotilde, qui tombe toujours avec une précision quasi millimétrique sur le genre de mec qu’il ne lui fallait pas. Je vais donc lui permettre de gagner du temps.

Et puis je lui ai promis que ce soir, elle repartirait avec son numéro de téléphone bien au chaud au fond du portable d’un amant potentiel, en contrepartie de quoi elle accepte de ne pas chouiner pendant les quelques jours que dureront nos petites vacances improvisées.

Je n’ai pas précisé que ce serait un type qu’elle pourrait épouser ensuite.

Allez, à l’assaut ! (Hue dada.)

– Heeeey, Ruben ! Comment vas-tu, cousin ?

– Anouchka ? Ça fait longtemps qu’on ne s’est pas vus…

Il m'embrasse.

Je l'inspecte du coin de l'œil. Ça va. Il a mis une chemise propre, il s'est lavé récemment, son allure est tout à fait acceptable.

– Oh ! dis-je, sur le ton de celle qui a oublié un truc extrêmement important. Je ne t'ai pas présenté ma copine Clotilde ? Mon mari et les enfants n'ont pas pu venir, alors cette charmante demoiselle célibataire m'accompagne.

Pour appuyer mon propos, si tant est qu'il ait encore besoin de l'être, je lui joue des sourcils une petite musique frénétique. Dommage qu'ils soient si épilés, sinon j'aurais pu la lui jouer plus fort.

Il la salue poliment, sans avoir l'air de comprendre.

Ruben me regarde benoîtement en me demandant des nouvelles de mon prochain livre, tandis que Clotilde, qui semble intéressée, prend des poses avec ses cheveux. Un coup à droite, un coup à gauche, une petite bouclette autour de son index, une grande mèche balancée en arrière. S'il ne se réveille pas tout de suite, il va avoir sur la conscience le carnage de toute une population de tifs qui vivaient tranquillement bien laqués.

Une boulotte au sourire épanoui s'approche de mon cousin, et l'enserre par la taille.

– Tiens, Anouchka, je te présente Agathe, ma fiancée.

OK pigé. Inutile d'insister. Je salue la jeune femme, puis trouve un prétexte quelconque pour les quitter, en emportant une Clotilde ébouriffée et dépitée sous mon bras.

Allez, hop hop hop, on a un but ce soir, on va l'atteindre pour notre tranquillité d'esprit (surtout la mienne), car comme le disent toutes les miraculées qui ont un jour réussi un régime : « Quand on veut, on peut. »

Rotation sur mes talons, scannage de la foule au téléobjectif (en plissant les yeux, pour augmenter la puissance de mes lentilles), prochaine cible repérée : individu mâle isolé du groupe, taille moyenne, pelage brun, âge comestible, aucune trace prouvant qu'il ait déjà été piégé à l'annulaire.

Nous repartons à la chasse. Il faut que je la case, ma copine, j'en fais maintenant une affaire personnelle.

C'est vrai, quoi, dans le temps, j'étais une pisteuse hors pair, capable de rabattre vers mon air de ne pas y toucher la plus aguerrie des proies, pour me repaître ensuite de ses égards, voire plus si affinités.

Pas question de croire que la seule chose qui me relie à l'Amazone que j'ai été est le fait qu'on y vende mes livres aujourd'hui. Les vieux réflexes ne s'oublient pas. Y compris maintenant que je suis baguée et reliée par ce marquage à un homme, qui lui permet de suivre tous mes déplacements au radar.

Quand j'étais jeune, même ma grand-mère adorée m'appelait « *la leona* » (la lionne, en espagnol). Certes, c'était plutôt pour définir mon sale caractère, mais bon, quand même.

Attention les gars, laissez place à la bête.

(Dans le bon sens du terme, ho.)

Clotilde, pleine d'espoir, me confie :

– Tu sais, j'ai fait mon thème astral avant de partir, il est dit que ces jours-ci me réservent une aventure merveilleuse.

– Ah ouais ? Tu as déchiffré des lettres qui forment « une aventure merveilleuse », dans ton thème ?

– Non… c'est juste une interprétation. L'alignement des planètes indique l'imminence d'une histoire d'amour dans des circonstances inhabituelles. Les circonstances inhabituelles, c'est ce lieu, éloigné de chez moi. Quant à l'homme en question, je peux même te le décrire.

– Laisse-moi deviner. Huuum... Il a une face de Lune ? Il va faire monter ton Mercure ? Il est bourré de Nep-tune ? Il est Mars-eillais ? Il...

– Tais-toi, pathétique woman. Non, je te parle d'informations fiables, là. J'ai même utilisé mon pendule sur le visage de plusieurs célébrités, pour savoir à qui il pourrait ressembler.

– Moi je sais déjà à qui il ressemble.

– Ah bon, à qui ?

– À lui.

Elle regarde la personne que je lui indique d'un petit coup de menton.

– Tu le connais ? demande Clotilde.

– Non, mais tu vas me le présenter.

– Hein ? Mais je ne...

Sans plus attendre, je la tire près de lui et la pousse brusquement vers le bonhomme, sur lequel elle évite de justesse de s'effondrer.

Technique de drague niveau sixième, mais c'est l'intention qui compte.

Debout près du buffet, le type l'aide à se rétablir tandis qu'elle vocifère dans ma direction des choses dont le volume ne traverse pas la barrière de mes index enfoncés dans mes oreilles.

Galant, il lui tend un verre. Elle l'accepte.

Yesseuh.

Et une de plus prête à rejoindre le camp de l'Alliance.

Beau travail, petite, t'as pas perdu la main, me dis-je en soufflant fièrement sur mes ongles avant de les frotter un coup contre ma poitrine.

Je m'efface discrètement, en fredonnant dans ma tête une petite musique de *happy end.*

N'empêche, elle a tort, Clotilde.

Je suis sûre que si je le voulais, je serais rudement capable d'écrire des romans d'amour.

12

Qui va là ?

Le romancier est fait d'un observateur et d'un expérimentateur.

Émile Zola

Les gens commencent insensiblement à quitter le buffet pour venir prendre place à leur table.

L'orchestre a entamé une petite musique d'ascenseur pour accompagner leur changement d'état, passant de cocktaliens à dinétosaures.

Moi je suis déjà installée, en compagnie d'un couple de quadras qui viennent juste de s'engueuler. Tout le monde a eu droit au spectacle de leurs vitupérations dents serrées, laissant fuser quelques éclats de voix qu'ils ont tenté, tant bien que mal, de contenir.

Assis côte à côte, contraints par le placement effectué en amont, chacun se tient à distance respectable de l'autre et de sa fourchette.

Ne les sentant pas enclins au bavardage, je m'adonne alors, les mains croisées sous mon menton, à mon activité favorite : observer les gens et les dénuder.

Oh, pas physiquement, non, j'ai déjà mon quota de visions flippantes le matin devant ma glace. Mais moralement, intellectuellement, émotionnellement.

Je regarde, je fixe, je scrute par-delà leur maquillage, leur coiffure, leur attitude et leur intonation. J'analyse, je tente de comprendre, je désamorce, je relativise. J'aime essayer de ramener l'autre à sa plus simple expression, de déceler ses failles, ses faiblesses, ses secrets cachés, j'aime gratter pour découvrir.

Ce qui m'intéresse le plus, ce sont les hommes, surtout les chauves, les ventripotents, les prétentieux, les autoritaires, les effacés, les trop beaux, les chétifs, ceux pour qui ça n'a pas toujours été facile. Je les imagine alors lorsqu'ils étaient petits garçons.

Des enfants colériques, paresseux, sales, câlins, ingénieux, cruels, peureux, rêveurs... Et je visualise ensuite le chemin parcouru pour transformer l'essence de ce qu'ils étaient en quelque chose de mieux. Ou de pire.

Bien sûr, tout se passe dans ma tête, et je n'ai aucune certitude si ce que je me figure a le moindre rapport avec la réalité. Mais j'aime à croire que oui. Un peu comme de résoudre mentalement des équations mathématiques dont je ne vérifierai jamais le résultat, mais dont je réutiliserai les calculs pour construire les personnages de mes prochains romans.

Au niveau des femmes, je constate que les plus de cinquante ans sont pratiquement toutes blondes.

C'est un fait scientifiquement reconnu, qui se vérifie ce soir parmi la foule.

Le poids qu'elles prennent avec leur ménopause, elles en allègent leur couleur.

Certaines sont rousses, ou auburn, mais c'est juste une question de mois avant qu'elles n'abreuvent leur chevelure d'eau oxygénée. Et plus elles prennent de l'âge, plus elles s'éclaircissent. D'ailleurs, elles se trahissent inconsciemment.

Se référer à leur carnation capillaire est plus efficace pour estimer leur âge réel qu'une datation au carbone 14.

Personnellement je me suis juré, depuis petite, de toujours rester brune. La teinte noire de mes cheveux fait ma fierté, surtout depuis le coup des brunes qui ne comptent pas pour des prunes, tout ça. Pourtant, j'ai commencé récemment à les strier de petites mèches couleur châtaigne. Serait-ce le début de la fin ?

On me tapote l'épaule.

Je me retourne, personne.

Lorsque je reviens à ma position initiale, je découvre mon cousin Jerry, assis à côté de moi.

– Hey, salut homme à petites lunettes. T'es venu ?

– Non, tu vois bien, je suis toujours à Paris, patate.

– On dit Paname. Ta dyslexie te fait toujours souffrir, à ce que je vois.

– C'est toi qui me fais souffrir, ma chérie.

– C'est pour t'aider à être beau, car tu sais ce qu'on dit aux gens comme toi : « Il faut souffrir pour… »

– Inutile de t'inquiéter, je suis déjà au maximum de ma beaugossitude.

– C'est bien ce que je t'explique.

Il regarde autour de nous.

– Ton frangin n'est pas là ?

– Eeeeeh non. El Marido non plus, et las nioutas idemas.

– Il y a juste toi.

– Déçu ?

– Non, résigné.

Nous ricanons de concert. On s'aime bien, quand on se voit peu.

Soudain, Jerry bondit sur un type que j'ai déjà salué. Ils s'embrassent mutuellement en se donnant de grands coups chaleureux du plat de la main sur les épaules, et entament une petite discussion ressemblant vaguement à un truc du genre : « Dis-moi, vieille canaille, on m'a dit que tu avais changé de voiture ? » Et bla bla bla sur les jantes, la consommation d'essence, la tenue de route et autres prix habilement négociés.

Pendant ce temps, d'autres couples prennent place à ma table. Ils frôlent visiblement l'âge de la retraite pour la plupart.

– Bonsoir, me lance une dame articulant péniblement à cause d'un lifting trop tiré qui l'empêche de fermer la bouche.

– Bonsoir, dis-je courtoisement.

Super, trop de la balle cette table, je sens que la conversation de ce soir va se résumer à manger...

Sans bouger de mon siège, j'attrape par le bras une splendide jeune fille de dix-huit ans qui passait très vite derrière moi, habillée d'une robe aussi violette que la mienne. Mais la comparaison avec le vêtement s'arrête là. Outre le fait qu'elle la porte sur un corps de liane, le vêtement est plus décolleté sur sa poitrine menue, et plus court aussi, laissant entrevoir de splendides jambes de gazelle. La réplique exacte de mon corps il y a vingt ans.

– Mais c'est... Valentine ? Oh mon Dieu, mais ce que tu as grandiiii...

– Ouiii, répond poliment la fille de ma cousine, qui ne se sent pas particulièrement différente de d'habitude.

– Alors, comment vas-tu ?

– Bien, bien...

Son ton évoque l'envie pressante d'aller voir ailleurs si elle y est, un peu comme moi tout à l'heure en répondant à la dame aux joues tendues derrière les oreilles. Je la laisse donc repartir avec un petit signe de la main.

En même temps, honnêtement, avais-je tant de choses à dire que ça à une gamine à peine plus âgée que mon aînée ?

Il se trouve que oui. Je voulais justement lui demander dans quelle boutique elle avait acheté ces chaussures sublimes, et ces boucles d'oreilles originales, et aussi ce corps superbe que je n'arrive plus à trouver à ma taille.

Clotilde vient me rejoindre. Lorsqu'elle s'assoit à côté de moi, j'ai l'impression de récupérer un vieux pull élimé mais confortable, dans lequel je me sens enfin à l'aise.

– Je n'aurais qu'un seul mot à te dire, ça commence par « A » et ça finit par « lors », avec de multiples points d'interrogation derrière.

Elle hausse les épaules, avec un petit sourire.

– Bah... que veux-tu que je te dise ?

– Son prénom, pour commencer.

– Gédéon.

– Le pauvre. Bon, donc avec ce Gédéon, comment ça s'est passé ? Il est bien ?

– Ben... il m'a dit qu'il était médecin...

– Excellent.

– ... légiste.

– Ho ?

– Non, mais ça ne me gêne pas, il a l'air gentil. Il est divorcé...

– Et ça, ça te gêne ?

– Pas du tout. Il a trois enfants...

– Ça par contre, tu peux pas, c'est ça ?

– Non, non, c'est son ex qui les élève. Il est végétarien...

– En même temps, vu son job... et ça t'ennuie ?

– Non, je m'en fiche. Il n'écoute que de la musique classique…

– Je le savais. C'est pour ça que tu fais cette tronche de petite déçue.

– Mais non enfin, arrête d'essayer de deviner ! Tu voulais que je te dise comment il est, je te dis comment il est.

– Mais pourquoi il ne te branche pas, alors ?

– Ça c'est une autre question, que tu ne m'as pas posée.

– Tu veux un recommandé ? Aboule l'info, folle.

– Tu connais El Postillador, l'homme qui te douche tout habillée ?

– Noooon…

– Si. Telle que tu me vois, je suis intégralement recouverte de son ADN.

– Yerk.

– Mais ça n'empêche qu'il est attentionné, hein. Il a même soudoyé un serveur pour qu'il nous apporte quelques petits-fours sucrés discrétos. « Des douceurs pour une douceur », qu'il a dit.

– Miam. Tu m'en as gardé un ou deux, charogne ? Ou bien je vais être obligée d'attendre, comme l'individu lambda que je ne suis pas, l'ouverture du buffet desserts ?

Elle secoue la tête, frémissant à l'évocation d'un souvenir pénible.

– Non mais là, je n'ai pas pu. J'ai fui. Et crois-moi, à ma place, tu aurais fui aussi. Rien que l'image de lui mordant dans une truffe, et m'exposant son sourire réjoui aux gencives incrustées de chocolat… Je me suis cassée avant qu'il ne me dise qu'il trouvait ça bon en me crachotant la poudre de cacao à la figure.

On ricane honteusement, en baissant la tête.

Jerry revient s'asseoir à notre table.

Je regarde mon cousin, avec sa chemise bariolée et son pantalon à pinces, et je me dis qu'après tout, pourquoi pas, au point où on en est.

– Clotilde, je te présente Jerry, le fils de mon oncle. Jerry, voici ma délicieuse amie Clotilde. Faites connaissance, je vais prendre un peu l'air.

L'orchestre s'est mis à jouer une musique entraînante pour accompagner l'arrivée des mariés sur la piste de danse. Beaucoup de gens se sont levés, tapent dans leurs mains ou agitent leur serviette. Moi j'ai juste besoin de m'agiter autre part.

Au moment où je quitte la table, j'entends Clotilde demander :

– Bonsoir, on ne s'est pas déjà vus quelque part ?

Petite débauchée, va. Tu perds pas de temps.

À peine ai-je franchi l'une des baies vitrées restées ouvertes, que l'air pur de cette soirée de printemps me monte à la tête.

Aussitôt je m'enivre de cette sensation exquise comparable à l'inspiration d'un voile tissé dans des molécules d'oxygène.

C'est le moment de la journée que je préfère, entre chien et loup, quand le soleil n'est pas encore couché et que le ciel se pare de flamboyantes couleurs chaudes qui irradient à travers les nuages.

Bras croisés contre ma poitrine, je me promène sur la terrasse le long d'épais bosquets récemment taillés, et la fraîcheur d'une brise aux arômes de chèvrefeuille me fait frissonner.

Je suis bien.

Visage offert à l'immensité du ciel, yeux fermés, j'avance lentement devant moi, oubliant presque la vaste piscine quelques mètres plus loin.

Je m'arrête juste à temps pour ne pas tomber dedans, retire mes escarpins, retrousse ma robe et m'assieds sur le bord. Puis je trempe mes jambes dans l'eau encore chaude de l'après-midi ensoleillé.

Que c'est agréable...

Pendant de longues minutes, j'entends la musique de l'orchestre résonner au loin, mais c'est le son du silence qui emplit mes tympans, le bruit des feuilles doucement balancées par un souffle de vent, le chant des oiseaux qui se répondent, l'écho de l'eau qui clapote sous les langoureux mouvements de mes mollets.

Depuis combien de temps ne me suis-je pas sentie aussi sereine et aussi apaisée ?

Oui, c'est un grisant sentiment d'immunité qui prédomine ce soir. Le sentiment que tout est possible, que moi, Anouchka Davidson, je n'ai de comptes à rendre à personne, que je n'ai aucune obligation. Telle l'exaltation d'un rendez-vous amoureux en tête à tête avec moi-même. C'est si bon de me dire que ça va durer encore quelques jours, sans chemises à repasser, sans chienne incontinente à sortir, sans devoirs à corriger, à me plonger avec délectation dans la lecture du boulot d'un autre, en sirotant des cocktails sans alcool, comme ça, la fête sera plus folle.

Me voilà seule, libre comme l'air.

Je pourrais me lever et courir à m'en faire péter la cellulite, chanter à tue-tête, même faux, surtout faux, je pourrais me sauver, et personne ne me retrouverait, je pourrais me nourrir de cueillette, m'habiller d'embruns et m'abriter sous le ciel, je me sens tellement libre que je plains la vie étriquée des oies sauvages.

Tout doucement, à force d'étendre mes jambes, je glisse lentement vers le bassin, au rebord duquel je me rattrape de toutes mes forces.

Un bain de minuit sans qu'il ne soit minuit, avec toute la famille à côté qui ne m'a plus vue dans mon plus simple appareil depuis… pff… jamais ? Non mais ça va pas bien, ma fille ?

Calmos, réfléchissons un instant.

Ou alors, en considérant que je garde ma robe…

« Nooon, Anouchka, tu es dingue, sois raisonnable. »

Voilà, je me parle encore à moi-même. Et je n'ai même pas une Chochana pour me servir d'alibi. Cette sale poilue de petite chienne qui pue.

En même temps, à quand remonte la dernière fois où je me suis laissée aller à un coup de folie, comme ça, sans cogiter ?

C'est vrai que je brille un peu trop par ma rigueur, mon sérieux et ma fiabilité. Un vrai petit somnifère sur pattes. Et ça ne date pas d'hier, même ado, jamais de mensonges à mes parents, jamais de dépassement d'horaire quand j'avais de promis de rentrer à une heure donnée, jamais de fumage de substances illicites, jamais de fumage de substances licites non plus, d'ailleurs. Depuis, en robe de chambre et grosses chaussettes de laine, j'ai zigouillé une bonne centaine d'individus sans que personne n'y trouve à redire. Même ça, on m'a laissée le faire à condition que je reste sagement dans mon coin, et que le repas du soir soit servi bien à l'heure.

Pourquoi serait-ce toujours aux mêmes d'avoir le droit de faire des bêtises, et à ceux de mon espèce d'être là pour les réparer ?

Ça va, maintenant, non ? Si on cumule tous les bons points que j'ai amoncelés en trente-six ans de carrière, j'ai assez de crédit pour m'acheter au moins... ça.

Avec une immense volupté, je me laisse glisser dans la piscine et commence à nager. Barboter serait le mot exact, car ma robe gorgée d'eau pèse un quintal autour de moi, tandis que je m'escrime à essayer d'avancer. Heureusement, je n'ai pas choisi l'endroit de ma descente au hasard, car là où je me trouve, j'ai pied.

Finalement, même quand je me lâche, il faut quand même que je me retienne un peu.

Tant pis, je continue de savourer mon bain d'avant minuit tout habillée.

Progressivement, je perçois des bruits de voix sur la terrasse, des gens sortent fumer une cigarette, mais personne n'a encore remarqué ce qui se passe. S'ils tournaient la tête, ils verraient qu'il se passe moi, en *guest star* du mariage de ma cousine Charlotte, en train de lui voler la vedette. Des rires fusent, mais je m'en éloigne et entame une petite natation synchronisée avec les mains pour me dérouiller les trapèzes.

Je suis si bieeen...

J'évite cependant de me mouiller les cheveux, que j'ai pris soin d'attacher lors de ma courte promenade, car ma nouvelle coiffure ne survivrait pas à une séance de frisottage intempestive.

Soudain, une main m'agrippe sous l'épaule et me tire vers le bord. Je me sens happée, soulevée malgré moi par deux bras puissants, et c'est en échouant sur le gravier tel un baleineau désorienté que je prends conscience que l'instant de béatitude est terminé.

Retour sur la terre ferme.

– Merci de votre aide, mais ce n'était pas nécessaire, j'étais très bien là où j'étais..., dis-je en réalisant mon état lamentable. Je tords des pans de ma robe pour les essorer.

– Pardonnez-moi, vous faisiez tous ces curieux mouvements avec vos mains, je pensais que vous aviez un problème.

Je lève enfin les yeux vers le sauveur accroupi près de moi, et je reste figée.

Ma tête, avec sa bouche ouverte d'où aucun son ne sort, doit être assez représentative de mon état d'esprit puisque le gars affiche un air entendu. Ce type de réaction ne doit pas l'étonner outre mesure, car c'est l'un des hommes les plus beaux qu'il m'ait été donné de rencontrer.

Des cheveux châtains, merveilleusement décoiffés au gel avec une longue mèche devant qui tombe sur son front, encadrent un visage aux traits marqués, divinement ciselés. Il doit avoir facilement la quarantaine. Peut-être quarante-cinq. Son nez est parfait, ses lèvres, pas très charnues mais suffisamment pour qu'on ait envie d'y mordre, arborent un demi-sourire si séduisant que je regrette un instant d'avoir gardé ma robe pour ce bain d'avant minuit. Ses yeux enfin... mais comment fait-il pour avoir un regard si magnétique ? Ses yeux, disais-je, ont la forme et la couleur bleu lagon de ceux d'un chat siamois, et ils me sondent avec une telle intensité que soutenir son regard, ne serait-ce que quelques secondes, me paraît indécent. C'est un regard candide, quasi enfantin, où se lit une souffrance cachée, presque insondable, une souffrance que seule une femme passionnée se sentirait capable d'atténuer, de guérir peut-être. Je le sais, j'en suis une.

Il porte ses vêtements avec la nonchalance d'un mannequin Calvin Klein, rien sur lui n'est apprêté, son style est un peu rock, avec son bandana autour du poignet, sa boucle d'oreille et son pendentif inca autour du cou. Sa chemise s'entrouvre sur un torse glabre que l'on devine musclé, et je finis par me demander, l'espace d'un instant, si ça ne vaudrait pas le coup de m'évanouir une minute, histoire de profiter d'une petite séance de bouche-à-bouche ni vu ni connu j't'embrouille.

– Nous ne nous sommes pas présentés. Je m'appelle Basil Perkins, dit-il en me tendant la main.

– ...

– Et vous êtes ?

Je soupire.

– Mariée.

À ce moment précis déboule Jerry, suivi de Clotilde, alertés par le petit attroupement qui commence à se former autour de moi.

Jerry (inquiet). – Tu vas bien ? Qu'est-ce qui t'est arrivé, tu es tombée à l'eau ?

Moi (penaude). – Heu... oui-oui.

Clotilde (en s'agenouillant près de moi). – Mais regarde, ta robe est toute trempée, tu ne peux pas rester dans cet état, tu vas attraper une pneumonie.

Moi (qui commence à atterrir). – Heu... oui-oui.

Aussitôt, les secours s'organisent. Il faut que j'aille me sécher et changer de vêtements, alors Jerry propose de me prêter sa chemise, car il porte un tee-shirt en dessous et une veste par-dessus.

Jerry (en la déboutonnant). – Je ne peux bien évidemment pas te filer mon pantalon... mais sinon, je peux me passer de caleçon, si tu veux.

À cette évocation, je me sens prise d'un haut-le-cœur.

Moi. – Juste pour être sûre, on est bien en train de parler du calbute que tu portes depuis le début de la semaine, c'est ça ?

Jerry (hilare). – Celui-là même. Bien sûr, il est un peu serré, mais je suis sûr qu'en tirant d'un coup sec j'arriverai à le décoller de mes fesses.

Moi (qui m'éloigne rapidement, avec Clotilde à mes trousses). – Je vais te gerber dessus et tu l'auras bien mérité...

Passage aux toilettes, pour m'éponger grosso modo avec des serviettes en papier.

Le temps de troquer ma dégoulinante loque violette contre la chemise de mon cousin et le jupon noir qui était sous la robe de ma copine, et me voilà de retour dans le couloir qui mène à la salle, avec une seule envie, rentrer à l'hôtel.

– Je sais qu'il n'est pas très tard, mais que dirais-tu d'aller saluer les mariés, et de nous éclipser rapidos pour profiter du charme des Jacuzzi qui peuplent les terrasses des chambres qui nous attendent ? je demande à Clotilde.

– T'as encore envie de te baigner après ça ?

– Oui, mais sans robe, cette fois.

– Huuum..., fait Clotilde, en regardant ailleurs.

Machinalement je la suis, tandis qu'elle m'entraîne inéluctablement vers notre table.

– Au fait, avec Jerry, ça y est, vous avez fait connaissance ?

– Oui. Enfin, en réalité, je le connaissais déjà.

– Ah bon ? Mais c'est super, ça ! Et tu le connaissais d'où ?

– Nous avons eu un intéressant corps à corps, il y a au moins un an et demi de cela.

– Non, *please*, pas les détails, c'est mon cousin. Pour moi, cet homme est asexué. Comme une plante verte.

– Oh, il n'y avait rien d'érotique là-dedans, rassure-toi. C'est juste ma main qui est entrée en contact avec sa figure, et pas pour la caresser, crois-moi. Tu te souviens de la fois où je me suis fait couper les cheveux très courts, après un passage catastrophique chez un abruti de coiffeur qui avait raté ma couleur ?

– Ne me dis pas que…

– C'était lui, l'abruti. Et je viens d'apprendre en plus qu'il n'était même pas coiffeur.

– Je ne sais pas quoi te dire, je ne savais pas que…

Elle hausse les épaules, et rajuste le col de ma chemise, l'air pensif.

– Anouchka, je vais aller voir au bar s'ils peuvent te préparer une boisson chaude, me dit Clotilde en s'éloignant.

– C'est gentil, ma biche, mais tu n'as pas besoin de faire ça, je vais bien, viens, allons-y et…

– Non, je t'assure, ça va te requinquer, fais-moi confiance. Va t'asseoir à table, je reviens.

Je la regarde s'éloigner, en me disant que finalement, la soirée allait être longue.

13

Quel effroi, il fait froid !

L'intuition, c'est l'intelligence qui commet un excès de vitesse.

Henry Bernstein

Je renifle un coup.

– Mouche-toi, t'es répugnante, me dit Jerry.

Sans grand espoir, je palpe la petite pochette incrustée de strass que j'ai emmenée ce soir, et qui contient le strict minimum de ce dont je pourrais avoir besoin, à savoir un billet de banque pour le retour en taxi, un tube de rouge à lèvres, un petit miroir rond extra-plat pour éviter de me colorier le menton, et la clé de ma luxueuse chambre d'hôtel. Je n'ai d'ailleurs qu'une hâte, c'est d'aller m'y vautrer.

J'ai laissé lunettes de vue, téléphone portable (impossible de l'entendre sonner avec tout ce bruit), papiers d'identité et paquets de Kleenex (dont je ne me sépare jamais, merci maman) dans mon vrai sac à main, resté dans ma chambre.

– T'as un klinx ?

– Non. Et t'as pas intérêt à te moucher dans la manche de ma chemise.

Clotilde, qui est partie depuis un bon moment, a abandonné son large sac sur sa chaise. Nous sommes amies, je suis sûre qu'elle ne m'en voudra pas si je fouille un peu dedans, à la recherche de ce précieux mouchoir en papier.

En l'ouvrant, je glisse ma main parmi ses affaires, remue, explore, trifouille dans tout son barda, et je trouve. Autre chose. Quelque chose de beaucoup plus intéressant... Je me penche pour mieux regarder, et là, ça me fait tout drôle.

– Ah ben ça alors..., je murmure en refermant vite le sac, avant de le remettre à sa place.

– Qu'est-ce que tu as dégoté ? me demande Jerry, qui m'observait en avalant de grandes bouchées du plat posé devant lui.

J'éclate de rire.

– Un truc plutôt surprenant.

– Quoi ? C'est qu...

Je l'interromps brutalement :

– Hey, mais dis donc ! Alors c'était Clotilde, la fille dont tu as teint les cheveux en vert ? !

Machinalement, j'essuie mon nez qui coule avec ma manche, mais Jerry ne le remarque pas car son regard est plongé dans son assiette.

– De quoi elle se plaint, celle-là ? Le vert était justement la couleur tendance de la saison.

Amusée, je l'observe saucer son plat avec un morceau de pain, alors qu'il ne contient plus de sauce depuis longtemps.

Surgissant tout essoufflée de la piste de danse et se dandinant encore, une fausse blonde aux racines décollées, la soixantaine dépassée, attrape le crâne de Jerry et y dépose un baiser sonore. Sa jupe trop courte dévoile des genoux cagneux, tandis que le bout de sa veste de tailleur bat la mesure contre son gros popotin.

– Mon amour ! glapit-elle. Ça va, tu t'amuses bien ? Tu manges bien ? Quelle ambiance ce mariage, wouhou ! Allez, viens danser, mon amour, viens, viens…

Son fils pousse un énorme soupir, sans la regarder.

– Non merci, maman, pas maintenant, tout à l'heure peut-être.

Elle me prend à témoin.

– Tu as vu ma fille comment il me parle, à moi sa mère ? Tu as vu comment il me traite ? Et qu'est-ce que je lui ai fait pour qu'il se comporte comme ça avec moi, hein ? Qu'est-ce que je lui ai fait ? Ça fait des jours qu'il est comme ça…

– Mamaaaaaan…, soupire à nouveau Jerry, en tournant la tête sur le côté.

– Bon, si tu me repousses devant tout le monde, alors je te laisse. Mais je te préviens, mon fils. Tu m'as blessée.

Elle retourne sur la piste de danse, mais son déhanchement a maintenant un petit quelque chose d'offensé et de digne. Quel cinéma, cette nana…

En temps normal, Jerry aurait bondi la rassurer, s'excuser à plat ventre, puis se serait déchaîné le cuissot avec elle sur un bon vieux tube disco. Mais là, bizarrement, il reste amorphe.

C'en est presque flippant tellement son comportement est inhabituel.

– Ça va ?

– Non.

– Qu'est-ce qui se passe, cousin ? dis-je en lui tapotant doucement la main. Tu veux m'en parler ?

– Non.

– OK, ben parle-m'en quand même.

Il lève la tête, et me lance un regard plein de souffrance contenue.

– Tu veux savoir ? Très bien. J'ai reçu il y a quelques jours un texto de la clinique où j'ai vu le jour. Je te la fais courte, il se pourrait qu'il y ait eu inversion de bébés au moment de ma naissance, donc je dois prendre rendez-vous là-bas pour un test ADN avec ma mère… je veux dire avec cette femme, qui qu'elle puisse être.

Sous le choc, je balbutie quelques mots incohérents, avant de parvenir à produire une phrase, tout aussi incohérente.

– Mais… tu… je… noooon, c'est pas vrai ? ? Arrête, tu déconnes, là. Ne me dis pas…

– Si. C'est la loose. C'est la big, grosse loose.

– Attends une seconde. Tu lui en as parlé, à ta mère ?

À l'air horrifié de Jerry, je comprends immédiatement que non.

– T'es folle ? Si je le lui dis, elle est capable de s'ouvrir les veines devant moi pour me prouver que nous avons le même sang !

– Bon, écoute, calme-toi, ne lui dis rien.

– COUCOU ! fait une voix suraiguë, tandis que deux mains plaquées contre mes yeux enfoncent, tels des emporte-pièces, mes verres de contact sur mes globes oculaires.

– Arrêêête-euh, mes lentiiilles… ! ! dis-je en lui arrachant les doigts.

Clotilde prend place sur sa chaise, l'air comblé de celle qui a passé une nuit d'amour entre les bras de Robert Downey Junior.

– Ça va ? je lui demande, étonnée.

Décidément, je ne me suis jamais autant enquise de la vie de mes proches.

En même temps, j'ai laissé tous mes journaux people à Paris. Ceci expliquant sans doute cela.

– Ouiiiii, oh oui, sublimement ! gazouille-t-elle.

Tranquillement, je me tourne vers Jerry, mon verre à la main.

– C'est les blondes, ça, toujours de bonne humeur, ces filles-là. Les vertes par contre sont de ces dépressives, houlà…

– Bizarre, répond mon cousin, le vert est pourtant la couleur de l'espoir.

– … de redevenir blonde ? dis-je en me retenant de pouffer.

Clotilde nous interrompt pour s'adresser au coiffeur en herbe, qui n'a jamais aussi bien porté son nom. Elle le pointe du doigt sans ménagement.

– Ouais, eh bien la prochaine fois que j'aurai envie de me faire un look de crotte de nez, je vous sonnerai.

Avec un clin d'œil à Jerry, je glisse :

– Fais gaffe, n'embête pas ma copine, c'est une tigresse.

Il hausse les épaules.

– J'aurais dit plutôt un varan de Komodo, si je m'en réfère à la dernière fois où je l'ai vue.

Clotilde cherche quelques secondes quoi lui répondre, puis, excédée, lui balance :

– Jerry, puis-je, avec toute la sympathie que vous m'inspirez, vous proposer d'aller vous occuper de votre mère ? Elle vous attend en string devant le Prisunic.

À cette saillie navrante je me fige, une grimace crispée accrochée aux lèvres, n'osant plus regarder mon cousin.

Sans un mot, il repose bruyamment ses couverts, se lève et quitte notre table.

Aoutch. Pour le coup, elle la lui a mise, sa mère.

Je suis des yeux l'énervé qui se fraye un chemin, sans se retourner, à travers la foule des danseurs en sueur.

– Bon, tu veux que je te raconte ce qui m'arrive, oui ou non ? demande Clotilde en me secouant le bras.

– Ça fait une heure que tu as disparu, je voudrais surtout que tu me racontes où est la boisson chaude que tu m'avais promise.

– Quelle boisson chaude ? Anouchka, j'ai rencontré un homme... (grande inspiration extatique)... il est... (inspiration extatique)... y a pas de mots.

– Ben t'as intérêt à les trouver, pour justifier ton désintérêt total du refroidissement de mes petits poumons.

– En fait, tu le connais déjà, c'est...

– Ah bon je le connais, c'est qui ? !

Elle ne m'écoute plus, elle ne me regarde même plus, elle fixe l'intérieur de sa mémoire, faisant défiler les instants magiques passés avec cet inconnu qui lui fait tant d'effet.

– C'est un homme... parfait. C'est ça, parfait. Il est beau comme c'est pas permis, galant, romantique, attentionné, intelligent et cultivé, il est drôle, aussi. Il m'a draguée sans aucune fausse note, là-bas, près du bar, en me couvrant de compliments et en me donnant le sentiment d'être la fille la plus importante du monde, il m'a trouvée belle, mystérieuse, captivante... Tu te rends compte, jamais on ne m'avait dit avant que j'étais captivante. Et puis c'est un musicien, il chante dans un groupe. Hiiiii ! Anouchka, oh, Anouchka, je crois que je viens de rencontrer l'homme idéal !

– Bien ! Bien-bien, tout ça... Moi je dis, voilà une bonne chose de faite. On va pouvoir y aller maintenant, et passer comme convenu nos quelques jours de vacances entre filles, avant que tu ne le retrouves à Paris. Et comment s'appelle l'heureux élu ?

– Même son prénom, je l'adore. Il s'appelle Basil. Basil Perkins.

14

Tais-toi, têtue

Faites confiance à votre instinct.
Il vaut mieux que les erreurs soient les vôtres,
plutôt que celles de quelqu'un d'autre.

Billy Wilder

Je tente de bouter Clotilde hors de la table à laquelle elle s'agrippe, telle une moule amoureuse ventousant son rocher.

– Tu as son numéro de téléphone, il a le tien, c'est bon, on peut partir, maintenant ?

– Mais quoi ? Qu'est-ce que tu as à être si pressée, on vient tout juste d'arriver.

– Bon, résumé des précédents épisodes : le mariage de Charlotte, c'était surtout un prétexte pour te changer les idées. Là, tes idées sont aussi changées qu'une façade de machine à sous affichant un jackpot. Le pognone gagné étant engrangé dans ton portable, ma question est donc : on bouge ?

Clotilde se redresse, s'appuie contre le dossier de sa chaise, et me scrute en plissant les yeux :

– Mais dis-moi, ma vieille… je rêve, ou tu es jalouse ?

– Plaît-il ? Ahahaha… j'aime ton humour.

– Tu l'as peut-être rencontré la première, mais je te rappelle que tu n'es pas disponible, TOI, et que c'est MOI qui lui plais.

– Mais, Clotilde, comment oses-tu penser une seule seconde que je... mais c'est dingue, ça, j'ai même pas dit quoi que ce soit !

– Ton attitude est explicite.

– Mon attitude ? Mais de quoi est-ce que tu parles... Oh, et puis je m'en fiche, après tout. Fais ce que tu veux, moi je rentre.

Je me lève, tandis qu'elle croise les bras en secouant la tête, profondément navrée :

– C'est pas joli-joli, tout ça...

Très bien, je me rassois.

– D'accord, ma biche. Tu attends quoi de moi ? Un triple salto arrière d'enthousiasme, parce que ce type t'a un peu baratinée ? Moi je veux bien, mais vu ma souplesse, tu risques de retrouver ton jupon dans un sale état.

– « Ce type m'a un peu baratinée » ? ! Ha ! Si ça c'est pas une preuve de ta sale jalousie ! éructe-t-elle, triomphante.

Inspiration.

Expiration.

– Tu veux le fond de ma pensée ?

– Oui.

– Ce type ne me dit rien qui vaille.

– Mais pourquoi ?

Je me passe la main dans les cheveux, gênée, réajuste ma boucle d'oreille pensivement, et attrape mon verre à pied que je balance doucement entre mes doigts.

– Écoute, j'en sais rien, disons que c'est mon sixième sens qui parle. Je passe mes journées à écrire des thrillers, à compulser une épaisse documentation comportementale pour mes romans, crois-moi, je commence à avoir une petite idée de ce que peut être la psychologie d'un tordu. Pour moi, un mec qui fait autant de compliments cherche forcément à prendre ton contrôle.

Elle lève les yeux au ciel.

– Ah oui ? Et dans quel bouquin de psychologie à la noix tu as lu ça ?

– Dans un vieux livre de fables, dont une s'appelle « Le corbeau et le renard ».

Je glousse et j'ajoute :

– Noémie m'a demandé de lui faire réviser La Fontaine, récemment...

Comme je crains de la blesser, je n'arrive pas à lui faire passer mon idée : c'est une chouette fille, mais de là à tomber en pâmoison devant elle comme s'il s'agissait de la déesse de la beauté réincarnée, il y a une marge. Un mec qui flatte trop pour obtenir ce qu'il veut, j'ai toujours trouvé ça suspect. D'autant qu'avec son incroyable physique de rock star, ce Basil aurait pu séduire n'importe quelle beauté inaccessible.

Même la mariée.

Bon, d'accord, peut-être pas la mariée, mais il aurait certainement pu provoquer chez elle l'hésitation au moment de dire « oui ».

D'ailleurs, je me demande de quel côté de la famille il vient ? Sûrement du côté de Charles, ou alors c'est un ami de Charlotte...

– N'empêche, tu ne m'enlèveras pas de l'idée que ta réaction est décevante.

– Rhoooo, Clotilde... bon, ben tant pis, pense ce que tu veux. C'est juste dommage qu'à peine entré dans ta vie, ce type mette déjà à mal notre amitié.

– Ne t'inquiète pas pour notre amitié, dit ma blonde copine en se levant. Il ne la mettra pas à mal, puisque tu n'es pas jalouse.

« Gnagnagna », je soupire, consternée par l'idée fixe de Clotilde, puis je me lève aussi, attrape ma pochette, et la suis jusqu'aux vestiaires récupérer nos vestes.

Le sommeil n'est pas loin, je bâille sans arrêt. Vivement le moelleux *king-size bed* dans lequel je vais bientôt enfin pouvoir me vautrer.

Sur le seuil de l'hôtel où ont lieu les festivités, Clotilde se dévisse la tête pour tenter d'apercevoir un taxi. Dommage, mon portable est resté dans la chambre, il vaudrait mieux que j'aille demander à la réceptionniste de nous en commander un.

– Vous rentrez déjà ?

Basil Perkins est nonchalamment adossé à l'une des colonnes du fronton de l'hôtel.

Il exhale la fumée d'une cigarette dont il ne reste plus grand-chose. En nous apercevant, il envoie valdinguer son mégot d'une pichenette et se dirige vers nous, la démarche féline.

– Je m'en allais, moi aussi. Je vous raccompagne, les filles ?

– Eh bien… oui, dit Clotilde, avec plaisir. Anouchka, tu viens avec nous ?

Doucement je me marre, amusée par la façon dont elle s'est approprié le chauffeur, et me fait l'aumône d'un trajet de retour qui m'était de toute façon suggéré.

– Pourquoi pas ? dis-je en frissonnant.

La nuit est maintenant tombée et l'air s'est rafraîchi. Je resserre sur moi les pans de la large veste que je n'ai pas zippés, avant de crier, en apercevant mon cousin discutant avec un groupe de gens qui ont également revêtu leur manteau :

– Eh, mais c'est... JERRY ! YOUHOU !

Fébrilement, j'agite mes bras en grands mouvements excités pour attirer son attention.

Il me repère, embrasse les personnes à qui il s'adressait, et viens à ma rencontre.

– Ça y est, tu t'en vas, déjà ?

– Oui, j'ai mes vacances qui m'attendent, à l'hôtel. Et toi, qu'est-ce que tu fais, tu bouges ?

Il grommelle, les mains dans les poches :

– Bah, je ne sais pas, je pense que ouais, je vais y aller.

– Eh bien viens, rentre avec nous dans ce cas. Ça ne vous dérange pas de le déposer à son hôtel, Basil ? C'est pile sur le chemin du nôtre.

Le beau gosse semble hésiter un court instant.

– Pas du tout, finit-il par répondre.

Jerry jette un coup d'œil à la Chevrolet flambant neuve garée plus bas, dont Basil vient d'activer le déverrouillage des portes à distance. Je l'attrape et, bras dessus, bras dessous, pendant que nous nous dirigeons vers la voiture, lui demande :

– Ta mère ne rentre pas avec toi ?

– Non, elle m'a dit qu'elle se débrouillerait pour se faire raccompagner de son côté. Et puis bon, on n'est pas mariés non plus...

– Je propose que nous laissions tous tomber le vouvoiement, annonce Basil en se mettant derrière le volant.

Nous acquiesçons avec soulagement. Clotilde vient s'installer à l'arrière près de moi, tandis que Jerry s'assied devant, et recule légèrement le siège pour laisser plus de place à ses jambes.

Le trajet se déroule sans encombre, mais, bizarrement, personne ne parle.

Jerry est plongé dans la contemplation du ciel couleur d'encre noire, Clotilde dans celle du rétroviseur intérieur, cherchant à capter le regard de Basil, qui ne fixe que la route, en silence.

Les arbres défilent, par dizaines, ombres gigantesques bordant le chemin qu'emprunte la voiture à vive allure, puis leur nombre augmente sensiblement.

Au bout de longues minutes, je réalise que ce n'est pas du tout par ce chemin que nous sommes venues à l'aller.

– Basil ?

– Hum ? marmonne-t-il sans quitter la route des yeux.

– Tu connais bien le coin ?

– Comme ma poche.

Je ris nerveusement.

– Qu'est-ce qu'il y a de drôle ? me demande-t-il froidement.

– Rien, rien... c'est juste que mon mari me rappelle régulièrement que le jour de notre rencontre, je lui avais dit connaître Paris « comme ma poche ». La suite de la journée a prouvé qu'il y avait, à sa grande satisfaction, des pans entiers de la capitale où je n'avais jamais mis les pieds.

J'ajoute, à la fin de ma phrase, une louche supplémentaire de ce petit rire chevrotant que je viens d'inventer, lequel s'accompagne du regard indulgent de ma camarade à poils jaunes.

De la part du conducteur, pas de réponse.

Je décide d'insister.

– Et sinon, Basil, je ne t'ai pas demandé, tu as été invité parce que tu es du côté du marié, ou de la mariée ?

– Ni l'un ni l'autre, répond-il d'une voix neutre.

Mon sang se glace.

Il tourne légèrement la tête vers moi, ébauche un sourire, et ajoute :

– Je suis venu avec un ami, mais il est parti avant la fin de la soirée. Une urgence.

Nous n'en saurons pas plus.

À présent, les quelques bâtiments en bordure de route ont laissé place à des bois denses et feuillus, et la Chevrolet continue de filer à toute allure vers une destination inconnue.

Jerry fini par émerger de sa léthargie.

– Hey, mec… ça fait pas un peu longtemps qu'on roule, là ?

Pas de réponse, mais je vois les phalanges de Basil se crisper sur le volant.

Anxieuse, je donne un léger coup de coude à Clotilde pour attirer son attention sur les étranges réactions de notre chauffeur.

Elle a posé sa tête contre la vitre de sa fenêtre et rêvasse à sa prochaine nuit d'amour, un sourire cruche accroché aux lèvres.

– Quoi, qu'est-ce qu'il y a ? demande-t-elle à voix haute.

Je me retiens de justesse de la baffer.

– Hum ? Oh, rien ! Excuse-moi, j'ai dû te frôler, sans le faire exprès.

– Non, non, tu m'as bien donné un coup de coude, mais pourquoi ?

Je plante mes yeux dans les siens le plus fixement possible.

– Parce-que-je-ne-l'ai-pas-fait-exprès.

Jerry (en se grattant la tête). – Tu sais quoi, mon gars ? Je crois que tu aurais dû tourner au dernier carrefour, il y a dix minutes.

Clotilde (insistante, croyant à une blague). – Mais si, tu l'as fait exprès ! Alleeeez, comme disait ma grand-mère : « Faute avouée à son amie est toujours pardonnée » (chuchotant trop fort). Tu veux me parler de Basil ? C'est ça ? Tu veux pas attendre qu'on arrive à l'hôtel, plutôt ?

Jerry (maintenant sûr de lui). – Ouais, je crois que tu t'es gouré de chemin, c'est clair. Elle avait raison, finalement, ma cousine, tu connais plus le coin comme sa poche à elle que comme ta poche à toi. Mouahahaha...

Moi (d'une toute petite voix, observant le rouge de la colère monter aux joues de Basil, dans le rétroviseur intérieur). – Heu... non mais c'est pas grave, hein, en même temps, on n'est pas pressés...

Jerry. – Parle pour toi, morue. Moi je suis claqué.

Clotilde. – Et sinon, Basil, ça te dirait d'aller prendre un dernier verre en arrivant ? Hein ? Hein, Basil, ça te dirait ?

Moi (angoissée, dans un souffle). – Ne dis pas « dernier », par pitié...

La voiture ralentit sur une longue distance, puis finit par s'arrêter devant une vieille barrière en bois. Dans la lumière des phares, on n'aperçoit rien d'autre que des arbres géants, de toutes les essences, par dizaines, par centaines.

Nous sommes en pleine forêt, coincés sur une route en cul-de-sac.

Lentement, Basil se penche vers sa boîte à gants, l'ouvre, au rythme où j'ouvre ma bouche pour me mettre à crier, cramponnée au bras de Clotilde qui ne comprend pas d'où me vient cette subite marque d'affection. Dans un sursaut de lucidité, je me déchausse et saisi mon escarpin, en me disant qu'en visant au pif avec mon talon, je parviendrai peut-être à lui trouer un œil.

Puis, avec humeur, il en sort une carte routière, qu'il étale devant lui.

Clotilde (pas plus étonnée que ça, vu que c'est son quotidien). – Oh, donc tu t'es perdu ?

Basil (méchamment). – NON. Je ne suis PAS perdu. J'ai juste voulu prendre un raccourci qui s'est révélé un peu plus long que prévu, c'est tout.

Clotilde (yeux écarquillés, soufflée par le ton qu'il a employé pour lui parler). – ... Hu ?

Jerry (goguenard). – Ouais, bon, arrête de faire ton kéké, t'es perdu, quoi.

Basil (sec comme un saucisson). – Ah mais si t'es pas content, casse-toi, mon pote !

À ces mots, Jerry hausse les épaules, ouvre la portière, et sort nonchalamment.

Après avoir observé quelques instants les bois qui lui font face, sans dire un mot, il s'enfonce dedans.

Moi (complètement flippée). – WOW ! Une seconde, là. Qu'est-ce qui se passe ? ! On est paumés, et tu laisses mon cousin se perdre tout seul dans la nuit noire. C'est hors de question !

Basil (avec une pointe d'ironie dans la voix). – Eh bien rattrape-le, alors.

Moi (furieuse). – Mais j'y compte bien ! Allez, tu viens Clotilde ?

Clotilde (embarrassée, tiraillée entre son désir pour Basil, et son amitié pour moi). – Écoute, Anouchka, je crois que je vais plutôt rester...

Moi (sentant ma peau verte palpiter sous ma chemise qui se déchire). – TU VIENS, CLOTILDE ? !

Clotilde (« mon choix est fait »). – J'arrive !

Nous descendons de la Chevrolet, et nous enfonçons à la suite de Jerry dans la forêt aux ombres inquiétantes.

Loin derrière nous, le claquement d'une portière indique que Basil a décidé de nous suivre.

Le problème, c'est que je n'arrive pas à savoir si c'est une bonne chose.

En fait, quelque chose me dit que ce n'en est pas une.

Je vais très vite savoir si je me suis trompée.

15

Pas d'inquiétude… ah ben si, finalement

Un homme digne de ce nom ne doit pas fuir.
Fuir, c'est bon pour les robinets.

Boris Vian

Dimanche, 23 h 30

Moi (les mains en porte-voix). – JERRY, YOUHOUUU ! JERRY, OÙ ES-TU ? !

Clotilde (collée à mes basques). – ALLEZ, QUOI, JERRY, FAIS PAS LE CON… heeu… TENTE, AU MOINS !

Moi (faisant signe à mon amie de se taire). – Chuuut, écoutons pour voir si on entend des bruits de pas…

Mais là, plongées dans l'obscurité, les seuls bruits que l'on perçoit sont ceux de la nuit, une chouette qui hulule au loin, des bruissements de branches d'arbres secouées par une brise insistante, quelques trottinements de petits mammifères nocturnes…

Aucun Jerry.

Pfft, envolé, volatilisé.

Moi (les poings sur les hanches). – Attends, c'est pas possible, on est sorties presque en même temps que lui. À moins d'avoir piqué un sprint, il devrait être à côté, normalement…

Clotilde (avec un gloussement bête). – Il s'est peut-être fait enlever par des aliens ? Huhuhu...

Je me tourne vivement vers elle et la secoue sans ménagement.

– Non mais tu crois qu'on déconne, là ? Tu penses qu'on est en train de s'éclater comme des petits pop-corn ? C'est très grave, ce qui est en train de se passer, Clotilde. Mon cousin a disparu, et c'est à cause de moi ! Tout est de ma faute, ce texto stupide, sur son portable, en numéro masqué, je ne pensais pas une seule seconde qu'il goberait cette blague ! C'est tellement hallucinant, cette histoire... Le pauvre, il n'a peut-être pas tenu le choc, oh putaing, s'il a fait une bêtise, je ne me le pardonnerai jamais.

– Mais de quoi est-ce que tu parles ?

– Écoute, je t'expliquerai après, il faut absolument le retrouver au plus vite. Et accessoirement, faire très attention à ton chéri. Parce que permets-moi de te prévenir que tu as fait un mauvais choix, ce soir...

Elle hausse un sourcil, ironique.

– Mais quand vas-tu donc cesser d'être aussi jalouse ? Basil est un sublime étalon et tu ne le sais que trop. Tu dis ça uniquement parce que ton mari a un double menton et aucun de ses tatouages virils, hein, ça te frustre.

– Oui, je l'avoue, vivre avec un homme qui n'a pas de piercing sur le gland rend ma vie conjugale désastreuse, mais là n'est pas la question. Réveille-toi un peu, ce gars me paraît hautement bizarre... pas toi ? ?

– Pfff... tu lis trop les livres que tu écris.

– Ah oui ?

– Oui.

– Alors dis-moi un peu ce qu'on fait ici, en pleine nuit, à cause d'un type prêt à se couper un testicule plutôt que d'avouer qu'il a « perdu son chemin » ?

– Mais qu'est-ce que tu racontes ? TOUS les mecs sont comme ça !

– Oui, mais lui je le sens pas. Je ne sais pas, je n'ai pas confiance. Je suis sûre qu'il a fait exprès de se paumer. D'ailleurs, où est-il, pendant qu'on parle ? Tu l'entends, toi ?

Clotilde dresse l'oreille quelques secondes, à l'affût du moindre bruit.

La situation n'est pas loin de nous mener tout doucement à la panique, je la sens qui monte, chez elle comme chez moi, alors ma copine, dans un ultime éclair de bon sens, tente de rationaliser les événements.

Clotilde (agitant les paumes de ses mains tournées vers le ciel). – Réfléchis quand même au coup des aliens. Ça pourrait être une explication. Il n'a pas pu se volatiliser comme ça.

Moi (exaspérée). – Ma chérie, tu as quel âge ?

Clotilde (insistante). – Mais pourquoi pas ? !

Moi (en mode « pétage de plombs »). – Raaaah, mais tu m'énerves à la fin ! ! Oh purée de bordel de chiottes, c'est pas possible ! Je suis coincée au milieu de nulle part avec une FOLLE ! Bon. Passe-moi ton portable.

Clotilde. – Laisse tomber, je n'ai plus de batterie.

Moi. – Donne.

En maugréant, elle fouille dans son sac et me tend son Nokia. Je le saisis, et compose fébrilement un numéro.

Clotilde. – Qui est-ce que tu penses appeler, avec ce téléphone vide ?

Moi (énervée). – La mère Michèle. Tais-toi deux minutes... Allô, Agnès ?

Agnès Abécassis. – Oui ?

Moi. – Excuse-moi de te déranger, j'appelle un peu tard, peut-être... ?

Agnès Abécassis. – Ben, un peu quand même, t'as vu l'heure ?...

Moi. – Désolée ! C'est juste pour être sûre : nous ne sommes pas dans une histoire de science-fiction, là ?

Agnès Abécassis. – Ma chérie, qu'est-ce qui t'arrive, t'as les fils qui se touchent ? Pas de science-fiction, ni de surnaturel, rien de ce genre. Et c'est pour ça que tu m'appelles en pleine nuit ? Tu es où ?

Moi. – Dans la forêt, avec Clotilde, on recherche Jerry...

Agnès Abécassis. – Ah ouais, ahah, j'aime bien ce passage, c'est le moment où i... ab... et du c... par... et... al... mais surtout fais att... parce qu...

Moi. – Quoi ? ! Allô ? J'entends pas ! Ça capte pas ! !

Clotilde. – Tu m'étonnes, je me tue à te le dire, ça ne peut pas capter vu qu'il n'y a plus de batterie.

Agnès Abécassis. – ... tu v... ma... bzzzzcccrrrr... cr... co... et n'oublie pas de bi... e... crrrrrr... d'invit... bzzz tes lecteurs à aller faire un tour sur le site www.agnesabecassis.com !

Moi. – Non mais qu'est-ce que tu as dit juste avant ? ! J'ai pas entendu !... allô ? ALLÔ ?

La blonde me contemple, interdite.

Clotilde. – T'es vraiment tarée, ou tu simules ? Avec qui tu parlais, là ? Sans déconner, ils ont drogué l'eau de la piscine et t'as bu la tasse, c'est ça ?

23 h 40

L'herbe se met à crisser. L'ombre de Jerry apparaît entre deux arbres, avançant nonchalamment en refermant sa braguette.

– C'est quoi tout ce raffut ? On peut pas pisser tranquille deux minutes ?

– Aaaaah ! Mais t'étais où ? ! On t'a cherché partout !

– Ben je suis allé me soulager, le temps que l'autre abruti se calme. Je me doutais bien que tu ne l'aurais pas laissé repartir sans ton petit cousin chéri, héhéhé. Tu le sens mieux, là, le QI de 140 ?

Furieuse, je ne peux m'empêcher de le serrer contre moi en répondant :

– Ce que je sens, c'est mon pied qui se dirige vers ton cul pour te faire crier « Hiii » cent quarante fois.

– Eh ouais. C'est l'histoire de ma vie.

Clotilde, bras croisés, s'énerve.

– Bon, on n'a pas réussi à le perdre, c'est dommage, mais maintenant on peut y aller ?

Jerry s'approche d'elle, flegmatique, attrape une feuille et la lui tend :

– J'aurais pourtant juré qu'au milieu de toute cette verdure tu te serais sentie dans ton élément…

En caressant avec rudesse l'épaule du fils de mon oncle, je réponds à ma copine :

– Ouais, vas-y, avance, je n'ai qu'une envie, c'est d'aller me coucher.

Elle regarde à droite, puis à gauche, et encore devant elle, avant de se tourner vers moi.

– Oui, mais j'avance où ?

– Ben… par où on est arrivées. Je ne vois pas ce que tu n'arrives pas à comprendre.

– C'est difficile, il y avait la lumière des phares de la voiture, pour nous servir de repère, mais là… eh bien… on dirait qu'ils sont éteints.

– Ah ouais, c'est vrai, je ne les vois plus dis donc…

Nos regards se croisent, je devine ce qu'elle pense, et je sens que maintenant, elle le trouve un chouia moins attirant, son beau musicos.

23 h 47

Des bruits se font entendre dans notre périmètre, que nous identifions rapidement comme étant les craquements des pas de Basil qui nous cherche.

– Bon, vous êtes où, là ? ! crie-t-il, agacé.

Ma copine et moi nous regardons à nouveau, et nous serrons instinctivement l'une contre l'autre. Jerry lance, en agitant la main :

– Par ici, mec !

Le voilà qui apparaît, agité et de mauvaise humeur.

– Ah ben quand même ! Vous vous cachiez, ou quoi ?

Clotilde, d'une toute petite voix, lui demande :

– Non, mais… pourquoi as-tu éteint les phares de la voiture ?

– Ça me paraît évident, dit-il, cassant. C'est pour que la batterie ne se décharge pas.

– Ça c'est judicieux, d'économiser sa batterie. Il y en a qui devraient en prendre de la graine.

Clotilde s'agace de ma réflexion.

– Pff, de quoi tu parles, Circé la Magicienne ? Toi qui sais faire fonctionner les instruments sans électricité…

Amicalement, je l'attrape par l'épaule et lui souffle à l'oreille :

– Arrête de râler, petite truie, et tiens-toi bien, on nous lit.

Elle se tourne face à moi et plaque sa main contre mon front.

– Il faut rentrer immédiatement, les gars, Anouchka est tombée malade mentale. Elle m'inquiète.

– Alors on y va, dit Basil.

Et nous le suivons.

Lundi, 00 h 12

Au bout de plusieurs minutes de marche à travers les fourrés, Jerry lâche un « tu ne te goures pas de chemin, cette fois, j'espère ? », qui ne provoque bizarrement pas l'esclandre auquel je m'attendais. Basil, fier de lui, nous vante son incroyable sens de l'orientation, d'autant que pour retourner à la voiture, c'est juste tout droit.

Eh bien devinez quoi ?

C'était pas juste tout droit.

Et ni lui, ni Clotilde, ni Jerry, ni moi n'avons retrouvé la voiture ce soir-là.

16

Alerte à mâle imbu

Pour avoir de gros seins, je mets du blanc de poulet dans mon soutien-gorge ! Mais je ne vous raconte pas l'odeur…

Keira Knightley

2 h 05

Nous marchons à l'aveuglette sans parvenir à revenir sur nos pas. Au bout de deux longues heures de recherches infructueuses, tout le monde est épuisé, sale et énervé.

Nous nous sommes beaucoup engueulés, chacun rejetant sur l'autre la responsabilité du fiasco de cette fin de soirée. Alors, depuis un bon quart d'heure, plus personne ne parle.

Nous avançons à travers cette forêt qui semble n'en plus finir. L'atmosphère de notre groupe n'est qu'une grande bouderie silencieuse. C'est ma copine qui craque la première.

– J'en peux pluuus…, gémit Clotilde, j'ai mal aux pieds, j'ai froid, je suis crevéééé…

Elle se tient la tête qu'elle secoue avec désespoir.

Pour moi, c'en est trop. Si elle craque, il n'y a plus de raisons que je tienne.

Je m'arrête, vais m'asseoir contre un tronc d'arbre, et me retiens de toutes mes forces de pleurer. Dans un sursaut de colère contre notre impuissance, j'agite ma sublime paire d'escarpins à talons hauts toute crottée que je tiens à la main depuis le début de nos pérégrinations, et je hurle :

– Stop ! Allez tous vous faire voir, bande de nazes ! ! Moi aussi j'ai des échardes dans les plantes des pieds, des insectes entre les dents, et j'ai mal aux yeux parce que mes lentilles me brûlent, et… et…

Mon menton a atteint le comble de son agitation, je ne peux plus rien faire, je vais… attention, je vais… ça y est, je fonds en larmes. Clotilde vient s'affaler près de moi, ses nerfs lâchent aussi, nos têtes se rejoignent et nous accordons en rythme la production de notre fluide lacrymal. Nous sanglotons bruyamment, bras ballants, morve au nez, toutes les deux harassées de fatigue et d'angoisse.

Près de nous, un petit oiseau solidaire vient se poser sur une branche basse, et lance quelques mélodieux trilles d'encouragement qui me réchauffent le cœur. Puis, d'un coup d'aile, il décide de rentrer chez lui, parce que c'est bien joli de traînailler en regardant les dames, mais moumoune va encore rouspéter s'il rentre sans rapporter de vermisseau.

C'était bien le seul à sembler s'émouvoir de notre sort, car devant nous se tiennent deux ballots, les poings sur les hanches, en train de se lancer des regards en biais qui signifient : « Bon, on fait quoi, on les laisse ? »

Une goutte tombe sur le bout de mon nez.

Instinctivement, je lève la tête pour voir si notre ami le piaf nous quitte en me laissant un cadeau d'adieu, mais non.

Il commence à pleuvoir.

2 h 13

C'est une petite pluie fine d'abord, de plus en plus drue ensuite.

Elle prend de l'ampleur tandis que nous nous mettons tous les quatre à courir instinctivement vers un abri-sous-roche devant lequel nous sommes passés quelques instants plus tôt.

L'asile est providentiel, et la nuit, avant que les lourds nuages gorgés d'eau ne l'assombrissent totalement, était éclairée d'une pleine lune. Je frissonne lorsque je pense à ce qu'elle évoque dans l'un de mes romans. Pourvu, oh mon Dieu, pourvu que ce Basil n'ait aucun rapport avec le Loverboy qui sévit dans *Au secours, il veut m'épouvanter !*

Sinon, on est fichus.

Recroquevillés sous nos vestes trempées, nous pénétrons dans l'antre peu profond à la suite de Jerry.

Basil, tout dangereux qu'il puisse être dans mon esprit (ou pas), s'arrête à l'entrée et nous laisse, avec beaucoup de galanterie (de couardise ?), passer devant.

Lui ne s'est pas protégé la tête avec son vêtement, aussi de l'eau ruisselle-t-elle en traînées sur son visage.

Comme si de rien n'était, il s'adosse à la paroi du renfoncement et, dans l'ombre, allume une cigarette. À peine a-t-il eu le temps d'exhaler une bouffée que Jerry lui pique son briquet des mains.

– Fallait le dire que tu avais ça sur toi !

– Eeeeh ! Fais gaffe, mec ! Ce briquet m'a été offert par Johnny Depp himself !

– Ben comme ça tu pourras dire que tu l'as prêté à Jerry Berdugo myself.

2 h 18

Mon cousin, efficace et rapide (on parle tout de même d'un type qui passe ses soirées à chatter avec ses amis virtuels, et à ouvrir la bouche uniquement pour que sa mère la lui remplisse de mets aussi traditionnels que caloriques), ne tarde pas à réunir quelques brindilles de bois encore sèches ainsi que de gros cailloux pour circonscrire le feu qu'il s'emploie à faire naître. Lorsque les flammes prennent enfin, Jerry se constitue une petite réserve de branches dont il retire les feuilles, et qu'il garde en petit tas, près de lui.

Puis, avec un soupir de contentement, il dénoue ses lacets et retire ses chaussures.

Et là, s'il avait voulu nous asphyxier, il n'aurait pas pu faire mieux.

Ses pieds, qui ont macéré un long moment dans une atmosphère moite (roulés dans la sueur, pour finir pétris dans l'eau de pluie), ont comme qui dirait moisi.

Et entre se prendre une averse sur la frange ou imprégner mes voies respiratoires de ce fumet immonde, la question se pose très sérieusement.

2 h 27

Basil vient enfin nous rejoindre et s'assoit lourdement près du feu.

Au loin résonne le cri effrayant d'un animal sauvage.

Clotilde, incommodée elle aussi par le parfum d'intérieur, se met à trembler.

La nuit est fraîche, et le petit feu de bois qui crépite met du temps à nous réchauffer.

– D… dis, copain, demande-t-elle au beau gosse. P… pourquoi ne retournerais-tu pas te poster à l'entrée de la caverne, prêt à retirer toi aussi t… ta godasse d'enfumage, au cas où une bestiole dangereuse voudrait approcher ?

Basil ouvre la bouche, mais c'est Jerry qui répond.

– Inutile. D'une part, parce qu'on ne craint rien tant qu'un feu est allumé. D'autre part, parce qu'on a beaucoup marché, qu'on va marcher à nouveau demain, et qu'à ma connaissance, il n'y a pas de rivière dans le coin.

– Et alors ? demande-t-elle en haussant les épaules.

– La déshydratation, tu connais ? Pas celle qui donne à tes pointes cet horrible aspect de fourches cassantes, mais celle qui risque de nous clouer ici si on ne boit pas suffisamment.

– Tu veux dire qu'il faut qu'on sorte essayer d'attraper des gouttes de pluie la langue tendue ? je demande, effarée.

– Nooon, dit mon cousin. C'est une méthode archaïque et insuffisante en termes de volume ingéré.

– Bon, tant mieux. Alors c'est quoi ton idée ?

Il sourit, et, sans un mot, agite son mocassin en cuir.

– Attends, ne me dis pas que tu veux qu'on utilise nos chaussures pour servir de récipients, quand même ? C'est non seulement dégueulasse, mais nos pompes à Clotilde et à moi sont ouvertes sur le devant, donc... (Je percute.) Oh mon Dieu, ahahaha ! (Rire nerveux.) Même-pas-en-rêve.

– Allez, cousine, fais pas ta chochotte. Je te laisserai boire la première.

– Dans ta savate puante ? ! Plutôt crever !

Basil intervient.

– Personnellement, il est hors de question que j'ingère une eau non filtrée. Avec tous les produits chimiques qu'on balance dans l'atmosphère... Et puis je garde mes grolles, hein, elles coûtent un bras, et j'ai froid aux pieds la nuit.

Je tourne la tête vers lui, et ma peau se couvre aussitôt d'une épaisse couche de chair de poule. À la lumière des flammes, il est transfiguré.

Deux coquards noirs auréolent ses yeux, qui ont perdu cette incroyable couleur bleu lagon qui avait failli (oui, « avait failli », j'insiste) me captiver. Enfin, c'est surtout un œil qui l'a perdue, celui qui a vu gicler sa lentille teintée. Il est tout marron, le pauvre. Quant au mascara qui suinte sur ses paupières, il explique avec beaucoup d'humour ce qui faisait l'étrangeté de son regard.

2 h 35

Jerry continue sur sa lancée :

– Ou sinon, il y a aussi l'option de boire son propre pipi.

Clotilde se met à brailler :

– Mais faites-le taiiire !

2 h 36

Basil a remarqué que je le fixais avec insistance. Il lève le menton et me demande :

– Qu'est-ce qu'il y a, pourquoi tu me mates comme ça ?

– Non, pour rien... tu as... attends, voilà, je te l'ai enlevée... une petite feuille collée sur l'oreille.

– Merci, dit-il en ramenant sans y penser sa longue frange détrempée vers l'arrière, dévoilant un front, comment dirais-je, qui n'en finit plus d'exister.

Décidément, ce garçon ne se lasse pas de me surprendre. La came de Clotilde serait-elle en définitive de la camelote ?

Cela confirme mes soupçons : ce type-là joue un jeu, et l'idée de passer la nuit dans le même périmètre que lui me fiche sérieusement les jetons.

Comme par hasard, il nous perd d'abord en voiture, ensuite comme un fait exprès, il nous perd en forêt. Ça veut dire quoi, au final ? Que nous sommes perdus ?

Et puis cette manie qu'il a de garder les mains dans ses poches pour en trifouiller le contenu, j'aimerais bien savoir ce qu'elles recèlent...

Heureusement, nous sommes plusieurs à pouvoir nous défendre : on a le choix entre un type qui a séché les cours de gym depuis sa cinquième, une fille qui veille à ses ongles comme si ses doigts se terminaient par des petits caniches en verre filé, et puis il y a moi, qui peux tout au plus utiliser la clé de ma chambre d'hôtel pour le griffer s'il s'approche, à condition de retrouver ma pochette balancée je ne sais où dans le noir.

Raaah, mais c'était dans quel roman, déjà, cette fameuse scène de corps à corps qui se terminait avec un coup de genou dans les glaouis ?... C'était un de mes tout premiers livres... Ah oui, *Les Manipulations d'Ute la divorcée.*

C'est décidé, je crois que je vais veiller. J'en suis sûre, même.

Le temps que Clotilde se secoue, et réalise qu'à cause de l'incandescence de son fondement, nous sommes coincés ici avec un fou dangereux.

Tout ça parce que mademoiselle s'est offusquée de trois petites gouttes de salive égarées par le garçon charmant que JE lui avais trouvé.

En même temps, je comprends qu'elle soit difficile.

Cette fille est quand même sortie avec Joe, qui piquait son portable pour envoyer des SMS d'insulte à tous les hommes de son carnet d'adresses, avec Marcel, qui avait l'originale particularité de péter en faisant l'amour, avec Siméon, le type qui ne se souvenait jamais de son prénom, avec Karl, le beau ténébreux qui aimait lui emprunter ses sous-vêtements pour les essayer, et je m'arrête là, parce que j'ai l'impression d'égrener la liste des personnages de mon prochain thriller.

Si seulement elle ne se laissait pas mener par le bout de ses nénés...

Arf. Je lui en veux, mais je lui en veux !

2 h 45

– Je ne sais pas combien de temps on va rester coincés ici, dit Jerry en se mettant debout, mais si on se rend compte de notre disparition, il faut signaler aux gens qui vont nous chercher que nous sommes planqués là.

Je ne peux réprimer un frisson d'inquiétude.

– Qui veux-tu qui nous cherche ? En ce qui me concerne, Aaron est à des centaines de kilomètres d'ici.

– J'ai l'habitude de couper mon portable pendant plusieurs jours d'affilée. Il est d'ailleurs resté dans la voiture. Personne de mon entourage ne va percuter, dit Basil.

– Moi, j'ai prévenu le bureau que j'étais en vacances, alors..., fait Clotilde, qui se tient recroquevillée près du feu, essayant de réchauffer ses mains aux doigts blancs en les tendant vers les braises.

2 h 47

Bouillonnant intérieurement, je la contemple un long moment, avant de lui lancer :

– Pourquoi ne suspendrais-tu pas ton soutien-gorge à un arbre, là, juste devant, pour signaler notre présence ici ?

– Ben... j'en ai besoin, comment veux-tu que je fasse, sans ?

– Allez, ma chérie, ne fais pas ta coquette. Tu sais bien qu'il est purement décoratif. Et comme tout élément décoratif, il sera bien plus à sa place suspendu à une branche, qu'entourant le buste d'une vieille branche.

– Mais, fait-elle en minaudant à mort devant Basil, avec ma robe mouillée, je risque d'avoir les seins qui pointent... C'est indécent et totalement inapproprié, vu l'endroit.

– Réjouis-toi, durant quelques instants tu auras ainsi l'illusion de remplir ton bonnet A.

Elle accuse le coup, et se redresse pour mieux me toiser. Le climat devient soudain électrique.

– Sache, ô ma perfide amie, sache que quand repoussera ta moustache, c'est-à-dire dans quelques heures, je me gausserai de toi avec la vigueur des petites filles que tu as côtoyées dans la cour de récré avant que la cire ne sauve ta vie sociale.

Je hausse les épaules, vexée comme un pou.

– Allez, on va dire que je ne t'en veux pas, je comprends que tu aies besoin de te consoler de cette cruelle injustice qui marque ton visage : les blondes se fripent plus vite. En même temps tu n'y peux rien, c'est la nature.

– C'est marrant, moi de mon côté j'ai surtout constaté que les brunes étaient infiniment plus poilues. Un retour à la nature ?

– Vade retro, micro-mammellas !

– Femme à fesses !

– Ben profites-en pour leur parler, tiens, ma tête est malade.

– Ah, tu l'admets enfin ?

– Oui, c'est la suractivité neuronale qui m'épuise. Tu peux pas comprendre.

– Dites, les filles…, tente Jerry avec précaution. Sinon, on peut aussi essayer d'attirer l'attention en suspendant mes chaussettes…

2 h 57

Sans lui répondre, je m'allonge par terre, après avoir roulé en boule la veste que je portais, pour m'en faire un oreiller de fortune. Dans l'abri presque complètement ouvert, le petit feu de bois nous procure une douce chaleur, mais je ne suis pas sûre du tout qu'il tienne toute la nuit, vaporisé qu'il est par d'incessantes gouttelettes de pluie.

Dix minutes s'écoulent, dans un silence bercé par le clapotis de l'eau qui tombe.

Plus personne ne dit rien, chacun est réfugié dans ses songes.

3 h 07

Dans un souffle, je prononce :

– Clotilde ?

– Hum ? dit-elle sans bouger.

– Je suis désolée, pardonne-moi.

Elle soupire, et me répond sur le même ton feutré :

– Non, moi aussi j'ai déconné...

– Oui, mais moi plus.

– C'est vrai, mes mini-nichons et moi, on te l'accorde.

– Arrête, tu as une poitrine sublime. Toi au moins tu n'as pas l'air vulgaire dès que tu mets un bustier.

– Absolument. Et je peux m'allonger comme je veux sur le ventre.

– Et les hommes connaissent tous la couleur de tes yeux.

– À propos de ce que j'ai dit sur tes poils, fait-elle avec malice. Écoute, quel que soit le temps qu'on passera coincés ici, sache que j'ai dans mon sac à main une pince à épiler, et qu'à compter de cette seconde, elle est tienne.

Je lui réponds sur le même ton :

– Non, tu peux la garder. Profites-en pour t'épiler le pudendum.

– Le quoi ?

– Le rien ma chérie, laisse tomber.

Assise près de moi, les genoux repliés contre son menton, elle laisse glisser ses doigts au sol, dans ma direction. Je les lui attrape et les serre affectueusement. Elle répond à mon étreinte, et s'allonge elle aussi. Ça y est, on est réconciliées.

Nous sommes tête contre tête, plaquées le long de la paroi de l'abri rocheux. Nos cheveux se frôlent, ou plus exactement, ses longues mèches se mélangent aux tortillons de caniche de ma coupe trop courte qui n'a pas résisté à l'humidité.

3 h 10

Les hommes, eux, ne dorment pas.

Ils observent la nuit, la pluie devenue très fine qui ricoche à leurs pieds.

Jerry se tourne vers nous, et annonce :

– Demain, on bouge à la première heure. Pas une minute à perdre, on retrouve cette bagnole de merde, et...

– Hé ! Doucement, mec, n'insulte pas ma caisse. On parle d'une voiture qui t'a fait économiser un taxi, là.

– Plaît-il ? demande Jerry, en haussant le sourcil. Mais j'aurais préféré en payer dix, des taxis, plutôt que d'infliger cette souffrance à ma mère. Elle doit être morte d'inquiétude, la pauvre, à l'heure qu'il est. (Il se tourne vers nous.) Je l'appelle toujours avant de me coucher, quand je ne dors pas à la maison.

– À propos de ta mère..., dis-je, en marchant sur des œufs. Tu sais, le texto que tu as reçu, de la maternité où tu es né...

– Il hausse les épaules, fataliste.

– Ne parlons plus jamais de cette histoire. Pour moi, elle est réglée. J'ai pris ma décision, je ne veux pas savoir.

– Savoir quoi ? demande Clotilde.

Perdu dans ses pensées, il semble ne même pas l'avoir entendue.

– Tu sais, me fait-il, les yeux dans le vague. Tu as toujours cru qu'elle m'étouffait, qu'elle m'empêchait de mener ma vie, mais en fait, pas du tout, c'est exactement le contraire. C'est moi qui l'empêche de refaire la sienne. Je n'ai envie ni de grandir, ni de vieillir, ni d'avoir de gosse, les responsabilités me prennent le chou, alors… eh bien, elle s'occupe de tout. Du toit sur ma tête, des repas, de mon linge, et aussi d'éviter que les filles ne s'accrochent à moi trop longtemps, ce qui me convient parfaitement. En réalité, c'est moi son boulet, pas l'inverse.

3 h 15

Basil s'approche, époussette le sol de sa main, observe le résultat, époussette encore, et s'assoit près de lui.

– N'empêche, ce que tu as dit sur ma caisse, c'était pas cool, mec.

Je sursaute.

– Mais, Basil… tu as une miette, là ?

– De quoi est-ce que tu parles ? demande-t-il nerveusement.

– Là, au coin de la bouche ! Qu'est-ce que tu planques, dans tes poches ?

Il s'essuie les lèvres d'un coup sec du revers de la main.

– Mais rien, lâche-moi.

– Attends, mon cousin nous offre l'hospitalité dans ses chaussures pour étancher notre soif, et toi tu planques un *doggy bag* dans ta poche sans nous le dire ?

Il se redresse, piqué au vif.

– Hé, ho, je vous dois rien, OK ? On a beaucoup marché, j'ai besoin d'absorber un taux constant de protéines pour ma masse musculaire. On parle d'un truc important, là. Chacun sa merde, vous n'aviez qu'à vous préparer votre propre casse-croûte.

3 h 20

Toujours allongée par terre, je me colle contre Clotilde et lui susurre à l'oreille :

– Ouf, maintenant je suis soulagée. Tu avais raison, ce type est rigoureusement normal.

– Ah, tu vois ?

– Il n'est pas dangereux, il est juste surhumain de débilité.

– Ouais, comme disait ma grand-mère, « trop beau, trop con ».

– À la rigueur, je préférais presque quand on pensait que c'était un taré.

– Tu rigoles ?

– Ben non, au moins on aurait pu l'éliminer, genre légitime défense.

– Ouais, alors que là, c'est lui qui va nous tuer à petit feu avec sa chiantitude.

– Et on pourra rien faire.

– Eh ouais…

17

Han, la frousse !

Je n'ai qu'une seule ride, et je suis assise dessus.
Jeanne Calment

3 h 43

Tout le monde a fini par s'allonger à même le sol, et s'est lourdement plongé dans les bras de Morphée. Les ronflements de Jerry en attestent, si sonores qu'ils me donnent envie de me lever et de lui arracher la luette à mains nues.

Mes yeux sont ouverts, dans l'obscurité éclaboussée par les paillettes d'or du foyer qui s'éteint doucement. Je suis épuisée, et pourtant je n'arrive pas à trouver le sommeil.

Clotilde près de moi, qui ne dort pas non plus, se redresse sur un coude et chuchote :

– Anouchka, t'es réveillée ?

– Ouais.

– À quoi tu penses ?

– Je pense que c'est le début de vacances le plus pourri que j'ai jamais connu. Pas toi ?

– Moi je le place en troisième position, après la fois où je me suis fait piquer ma voiture avec tous mes bagages dedans sur une aire d'autoroute, et la fois où je suis partie en croisière sur un tout petit voilier, avec juste une bande de potes composée de six couples. Le matin du départ, je reçois un texto de Philippe qui m'annonce qu'il me plaque. Résultat, quinze jours à sangloter en regardant nager les poissons, bercée par le bruit des roulages de pelles en arrière-fond.

– Pov' poulette.

– Tu l'as dit. En comparaison, ici, je kiffe presque.

Je réfléchis un instant.

– Attends, mais Philippe, c'était pas le directeur financier qui voulait t'épouser, à un moment ?

– Si. Avec le recul, je l'ai échappé belle. Ce type était si minable lorsqu'il faisait l'amour, que si on avait diffusé nos ébats à la télé, ça aurait porté la mention « autorisé pour tous publics ».

– Huhuhu... Pôôôôv' poulette.

Je me marre, mais au fond, ça me fait de la peine pour elle. Ce Philippe avait déjà plaqué une précédente fiancée quelques jours avant l'autel, et largué sa compagne suivante quand elle lui avait annoncé être tombée enceinte.

Pourtant, elle le sait, Clotilde, qu'un homme, ça ne change pas. Elle le sait, que la meilleure manière de les connaître, c'est de les faire parler, et de voir comment ils se sont comportés dans leurs précédentes relations pour savoir à peu près ce qui l'attend. En retirant les morceaux de « mais j'étais jeune », ou « c'était sa faute, aussi, elle m'avait fait tant de mal », dont ils parsèment leur discours pour justifier infidélités, violences, comportements irresponsables ou égoïstes. Et les « à peine, trois fois rien », « juste une seule fois », « quasiment jamais » qu'ils emploient comme des gimmick dans leurs phrases, pour endormir sa méfiance...

Ma main rencontre la roche froide, qui me ramène brusquement à la réalité.

Je pousse un long soupir.

– Si mes filles me voyaient...

Clotilde sourit dans le noir.

– Tu les aimes, hein, tes nioutes ?

– Mes prouts.

– Tes quoi ?

– Je ne l'ai jamais dit à personne, mais à la maison, je les appelle mes petits prouts. Ça les horripile tout en les faisant marrer. En même temps, c'est vrai, quoi, elles sont sorties de mon ventre.

– Hihihi, t'es dég !

– Et pour te répondre, ben oui, je les aime. Tiens, je vais même te dire, je regrette presque de ne pas avoir de cicatrice de césarienne, qui imprimerait sur mon corps la marque de leur mise au monde, tel un tatouage indélébile.

– À la place, tu as ton épisiotomie.

– Ouais. Mais c'est moins pratique à exhiber quand tu veux les culpabiliser parce qu'elles ne rangent pas leur chambre.

Clotilde reste silencieuse un moment, puis, toujours à voix basse :

– J'espère que je serai comme toi, si un jour je décide d'avoir un bébé.

J'ai l'impression qu'elle dit ça plus par politesse que par réelle conviction. Je la mets vite à l'aise :

– Tu sais, un enfant, c'est une responsabilité de toute une vie, il n'y a aucun mal à ne pas se sentir prête ou capable. Au contraire, je trouve que c'est hyper courageux de ne pas céder à la pression sociale. Regarde toutes ces nanas qui pondent des mouflets à la chaîne, et qui les laissent s'élever tout seuls ensuite, carencés d'attention, livrés à eux-mêmes...

– Mais de quoi est-ce que tu parles ? Je n'ai pas dit que je n'en voulais pas, j'ai dit que j'attendais le bon moment pour me décider.

– Mais tu as déjà…

– Tututut. J'ai trente-cinq ans et demi, mais de toute façon, l'âge, c'est dans la tête. Et puis de nos jours, avec les progrès de la médecine, j'ai tout mon temps… ne t'inquiète pas pour moi, va.

3 h 55

Une question me turlupine.

J'hésite une minute, puis je la lui pose, toujours en chuchotant.

– Comment tu l'as vécue, toi, ta crise de la quarantaine ?

– Tu rigoles ? Je ne l'ai pas encore vécue, je suis plus jeune que toi banane, j'ai trente-cinq ans.

– T'as trente-cinq ans ?

– Et demi.

– T'as quarante-deux ans, espèce de chiennasse.

– Ah non, tu te trompes, tu dois me confondre avec une retraitée de ton entourage.

– Il se trouve que je suis – inopinément – tombée sur ta carte d'identité en cherchant un paquet de Kleenex dans ton sac, et elle indique de manière formelle que tu frôles la sénilité.

– T'as fouillé dans mon sac ? !

– Inopinément.

– Hyène putride. Je te déteste.

– Du haut de tes quarante-deux ans ?

– Je te hais.

– Calme-toi, c'est mauvais pour ta tension.

– Tu es bien consciente que maintenant, je n'ai plus d'autre choix que de te tuer ?

– À coups de canne ?

– Je dois me débarrasser des preuves. Et tu es une preuve.

– Fais gaffe, Clotilde, quand tu fronces les sourcils, tu as une ride, là. Ah non, pardon, tu ne fronçais pas les sourcils…

– Prépare-toi à trépasser.

– Certes, mais évitons de nous battre, une chute serait dramatique pour ton col du fémur.

– Je vais t'attacher à un arbre, et te chanter du Julien Doré jusqu'à ce que t'en meures. Je ne t'épargnerai que si tu me jures que tu tairas mon secret à tout jamais.

– Si tu veux mon avis, je succomberai plus vite si tu me chantes les tubes de ton adolescence, plutôt que de la mienne : fais péter Maurice Chevalier, Tino Rossi, Marcel Amont…

– Sans déconner, si tu répètes à qui que ce soit l'âge que tu as CRU voir sur cette carte d'identité, je verse de l'arsenic dans ton café.

– Alors c'est comme ça qu'on tuait, à ton époque ? Mais tu sais que depuis ta naissance, les méthodes d'investigation ont évolué ? Tu risques de te faire gauler, mémé.

– Ah non, ça jamais ! Jamais « mémé », ça je te l'interdis, morue !

– Tu préfères « pépé » ?

– Mais quelle cruauté, quelle inhumaine cruauté t'anime, espèce de vipère lubrique…

– Justement, puisqu'on parle d'animal cruel. J'ai toujours voulu savoir : comment c'était, au temps des dinosaures ?

– Les dinosaures ? Mais, ma chérie, on n'a que quatre ou cinq ans d'écart, j'te signale.

– Six.

– Tu as quasiment le même âge que moi, tu es aussi vieille que moi, « mémé » toi-même !

– Ah non, moi je n'ai QUE trente-six ans, dis-je en souriant de toutes mes dents.

– Trente-sept.

– BIENTÔT trente-sept.

– Dans quelques jours.

– Quelques mois.

– Ça passe vite.

– Et tu sais de quoi tu parles. Mais moi, en attendant, je suis encore jeune. Hou ! Que c'est bon, d'être jeune ! (Je me caresse le visage en simulant l'extase.) Wouaah, j'en peux plus de tant de jeunesse, c'est incroyable, je sens monter en moi l'envie irrépressible de me faire des couettes !

– Fais-le. Comme ça ton look sera enfin en accord avec ton QI.

Bâillant à m'en décrocher la mâchoire, je réajuste ma veste pour améliorer sa forme d'oreiller, me recroqueville en me prenant dans mes bras, et souffle :

– Bonne nuit, ma chérie. Allez, je plaisantais, tu n'es pas si vieille que ça.

– Toi si.

– Tu me donnes un bisou ?

– Un bisou, non. Une gifle, peut-être ?

– Tu peux, avec ton arthrite ?

– Bon, maintenant je te préviens, je me couche et je dors.

– Sans ta tisane du soir, permets-moi d'en douter.

– Je répète, Anouchka, je dors.

– Est-ce que tu veux que je te fredonne le générique de *Questions pour un champion*, pour te bercer ?

– BOUCLE-LA.

– Rohlala, d'accord. Mais fais attention, avec un caractère comme ça, tu risques de te retrouver larguée à l'hospice.

11 h 57

Je suis la première réveillée.

Il fait un temps splendide, chaud, ensoleillé quoique nuageux, et tout le monde dort encore. Le feu s'est éteint depuis belle lurette, il ne reste plus que quelques bouts de branches calcinées réduites à l'état de charbon.

Avec délectation, je frotte mes cils de mes index repliés. Je peux, j'ai fait gicler mes lentilles avant de m'endormir. C'était des jetables, mais je n'avais pas de paire de rechange dans ma petite pochette de soirée. Je suis donc officiellement aveugle pour toute la journée.

Mais quel besoin ai-je de voir, quand je peux enfin ressentir de toutes les fibres de mon corps ?

Face au soleil qui est à son zénith, je prends une grande inspiration, puis une autre, et très vite, l'air saturé d'oxygène, fleurant la terre mouillée, me donne le vertige.

Une brise fraîche caresse mes cheveux qui, bizarrement, ne bougent pas. C'est bien la première fois que je suis soulagée de ne pas avoir de miroir. J'ai beau être résistante, un choc trop violent le matin, c'est pas bon pour le cœur.

Les restes de mon maquillage taguent certainement ma peau autant qu'ils la décoraient la veille, et mes cheveux déjà courts, après une nuit à éponger un sol visqueux d'humidité, doivent me donner l'air intéressant d'une noble espagnole du XVIIe siècle qui porterait sa fraise relevée autour du front.

Un plaisir des yeux que je laisse à mes condisciples le bonheur de découvrir.

Le bruit des feuilles amplifié à l'infini, le lent balancement des branches, la vie que je devine, abondante et bondissante, cachée derrière les fourrés me donnent l'impression étourdissante de respirer par tous les pores de ma peau.

Je me sens en osmose avec cette nature à laquelle je ne suis pas habituée, farouche citadine que je suis. Progressivement, je sens pointer l'envie de courir à travers les arbres, de rire, de me tambouriner les nibards en hurlant « Oyoyoooooooooyoyooooooooo ! », mais je crains d'une part de me faire mal, et d'autre part de réveiller mes camarades comateux.

C'est vrai, ils risqueraient de me gâcher mon extraordinaire tête-à-tête avec la forêt, et d'altérer, par leur simple présence, cette sensation de liberté et d'autonomie incroyable que je n'avais plus éprouvée depuis que ma mère a lâché mes mains pour que je fasse mes premiers pas vers mon père.

Dommage tout de même que je navigue à vue (ce qui n'est absolument pas le cas de le dire), l'essentiel de ce que je parviens à distinguer se résumant à de larges taches vertes, immenses et bruissantes, qui surmontent d'autres taches marron plus longues que je devine recouvertes d'écorce quand je les touche.

Je n'y peux rien, je suis si myope que je n'ai pas besoin d'être bourrée pour risquer de sauter au cou d'un inconnu, il me suffit juste d'enlever mes lunettes.

(Et je parle d'expérience.)

12 h 14

Aaaaah, je me suis bien étirée, j'ai bien respiré, c'était cool.

Maintenant, j'ai un petit creux et je m'ennuie. Sans compter que j'ai hâte qu'on se casse d'ici.

Elles se réveillent quand, les larves ?

13 h 05

Gentiment, je suis allée faire une promenade, qui a consisté essentiellement à tourner en rond autour de moi-même pour éviter de me perdre, puisque je ne vois rien.

Depuis, je suis assise, et j'attends.

Et j'ai de plus en plus la dalle.

J'hésite entre me mettre à chanter à tue-tête pour que le trio de lambineurs émerge, ou aller discrètement faire les poches du rat de la bande, afin de me composer un petit déjeuner avant de repartir.

13 h 07

Bon, je vais commencer par secouer cette grosse palourde de Clotilde, j'aviserai ensuite.

13 h 10

– Huuum... c'est agréaaable...

– Quoi, ma poulette ?

– ... Aaah, c'est toi... Anouchka... ? dit Clotilde sans parvenir à ouvrir les yeux complètement. Huum... massage... cheveux... booon... honhon...

Je suis assise à côté d'une blonde qui se tortille voluptueusement comme si je lui caressais la perruque. Sauf que mes mains reposent sur mes genoux.

– Clotilde, réveille-toi.

– ... Huum ?

– Ouvre un œil, au moins.

Elle s'exécute.

– Qu'est-ce que tu vois, là ? dis-je en lui montrant mes menottes.

– Mais alors qui ?...

Elle se redresse sur un coude, regarde derrière elle, et ne trouve que deux types affalés, bouche ouverte et bave coulante, dans des positions si acrobatiques que je me mords les doigts de ne pas avoir apporté mon portable, juste pour garder un souvenir visuel de quand ils étaient drôles.

– Mais qu'est-ce que..., dit-elle en se passant la main dans les cheveux.

13 h 15

Découverte de l'énorme insecte genre scarabée mutant qui lui courait sur le crâne, et concert de hurlements avec piétinement du sol et secouage de mains hystérique.

13 h 16

C'est bon, les gars sont réveillés.

13 h 18

Fin du concert de hurlements.

13 h 20

Brève reprise du concert de hurlements, avec cette fois stridulations d'épouvante.

À la lumière du jour, nous apparaissons aux autres tels que la nuit nous a laissés.

Basil s'est découvert allergique à une plante qui se trouve dans les parages. Par contre, vu leur multitude, il lui est impossible de savoir laquelle. Sa peau est constellée de plaques rouges évoquant les taches d'un dalmatien albinos, si épaisses que même moi, sans mes yeux, j'arrive à les distinguer. Hagard, jurant comme un charretier, il se gratte frénétiquement le visage et le cou, déclenchant sur ses épaules une pluie de petites squames blanches aériennes parfaitement répugnantes.

Réflexion faite, il peut garder son bout de sandwich, je n'ai plus tellement faim.

Jerry quant à lui s'est fait amoureusement bécoter par une araignée, qui lui a laissé, en guise de trace de rouge à lèvres, un énorme œdème violacé sur la joue.

Alors là, mon p'tit pote, tu peux toujours t'époumoner d'effroi en voyant ma coiffure, t'as pas fini de crier quand tu découvriras ta tronche.

Seules Clotilde et moi avons été épargnées, par je ne sais quel miracle, des turbulentes étreintes des minuscules habitants de la forêt.

Deux des nôtres ont déjà péri sous leurs toxines, raison de plus pour nous casser au plus vite, retrouver notre salutaire civilisation.

13 h 40

Basil, qui n'a pas besoin d'une glace pour contempler l'état de ses bras, est furieux. Il donne rageusement des coups de pied autour de lui en se lamentant sur son prochain concert qui va devoir être annulé, tout en s'excitant sur le fait qu'il ne peut pas monter sur scène dans cet état.

Alors il shoote dans des cailloux, dans des pierres, et fatalement, fatalement, ce qui devait arriver arriva… il finit par se calmer.

13 h 53

Tout ça, c'est bien joli, mais si on pouvait vite vite essayer de retrouver maintenant la voiture, ou même juste une route pour en arrêter une, histoire de rentrer à l'hôtel se prendre une petite douche accompagnée d'un bon brushing (dans l'ordre des priorités), suivis d'un coup de fil au room service – laissez les gars, c'est moi qui régale – pour nous faire monter un plat de lasagnes dégoulinant de mozzarella avec une bonne salade de roquette croquante, ou bien un petit gratin dauphinois, ou même juste un savoureux hamburger maison avec des frites en accompagnement, servi avec un immense verre de thé glacé surmonté d'une rondelle de citron, pour finir sur une glace à la pistache et à la fraise nappée de chocolat chaud fondu et…

– STOOOP, c'est bon, on y va, crie Jerry, aussi affamé que moi.

Nous allons récupérer nos quelques affaires éparpillées sur le sol de l'abri.

Tandis que nous nous en éloignons, je lance à mon cousin :

– Tu ne dis pas « au revoir » à ta chérie, après ce qu'elle t'a mis cette nuit ? Ayayaïïïe, comment vous vous l'êtes dôôônné… tant de luxure, ça fait peur à voir.

– Ouais, si je la chope, je lui casserais bien ses petites pattes de derrière. Celles de devant et du milieu aussi.

– Console-toi. Ça te donne un air de Rocky Balboa qui aurait juste l'œil au-dessus du coquard.

– Tu veux que je te dise de qui tu as l'air, toi ? dit-il en fixant ma coiffure sauvagement Tokio Hotel.

– D'une fille qui va t'inviter à bouffer dans un resto cinq étoiles ?

– Exactement.

C'est alors que soudain… nous le vîmes.

18

OK, là on peut s'affoler

La seule chose que nous ayons à craindre, c'est que le ciel nous tombe sur la tête !

René Goscinny

14 h 10

Énorme, fulgurant, aveuglant.

Un éclair comme on aimerait n'en trouver qu'au chocolat (désolée pour cette image quelque peu obsédée par la bouffe, mais bon, quand on n'a que de la verdure à portée de dents...), un éclair spectaculaire, suivi immédiatement par un prodigieux roulement de tonnerre qui nous déchire les tympans.

Le ciel s'assombrit à une vitesse prodigieuse, et la violente bourrasque qui nous gifle semble nous demander : « Ho, les p'tits gars, où croyez-vous aller, comme ça ? »

Avec beaucoup de sang-froid, nous nous regardons Clotilde et moi en nous agrippant les mains, puis nous nous mettons à psalmodier sans hurler (c'est ici qu'on le note, le coup du sang-froid) « Oh non oh non oh non oh non oh non... » (50 fois).

À notre gauche, des arbres à perte de vue. À notre droite, des arbres à perte de vue. Derrière nous, pareil. Devant nous, devinez quoi ? La même chose !

Nous sommes entourés de tant d'arbres qu'ils nous sortent par les yeux. Et pas l'ombre du début de la trace d'un chemin pour retrouver le nôtre.

Une seule solution, retourner en courant vers notre abri de fortune.

14 h 20

Nous y sommes arrivées les premières... mais les garçons ne nous ont pas suivies.

Ben où ils sont passés encore, ces andouilles ?

14 h 25

Les voilà qui arrivent en s'engueulant, un déluge de pluie s'abattant sur leur tête disgracieuse.

Chacun, ruisselant et les vêtements maculés de boue, va s'affaler dans un coin opposé du renfoncement de pierre en râlant.

– Il voulait continuer à chercher sa bagnole, ce con ! J'ai dû le ramener de force, beugle Jerry.

– Mais de quoi j'me mêle ? Tout ce foin pour un petit orage de merde ? ! D'ailleurs, tiens, je ne sais même pas pourquoi je reste à discuter avec vous. Allez, cette fois je me casse et j'interdis à quiconque de me retenir. Tchao, les lopettes.

Basil s'élance, au moment précis où la foudre s'abat sur un arbre à une centaine de mètres devant nous, déclenchant un spectaculaire début d'incendie, qui à la fois prend de l'ampleur avec le vent qui l'excite, et peu à peu se résorbe sous les trombes d'eau qui l'aspergent.

Nous sommes tous figés, tétanisés par cette vison extraordinaire de la nature en furie (oui, même moi, OK j'ai peut-être pas distingué les détails, mais entre les couleurs et le bruit, je me suis fait une idée assez précise du spectacle).

Alors Basil, blanc comme un linge, se rassoit doucement, laisse sa main courir sur sa cheville et commence à geindre :

– Ah… oohhh nooooon… bordel de tendinite qui se réveille… c'est toujours comme ça, dès que le temps change… Pffff, c'est couru, elle va m'empêcher de marcher… raah, voilà, hein, voilà, vous êtes contents, je suis coincé ici, finalement.

– Ouais, ricane Jerry en contemplant ses ongles. Comme disait la grand-mère de Clotilde : « Souvent âne varie… »

14 h 40

Debout face aux éléments, les mains derrière le dos, je contemple ce que je peux à travers le rideau de pluie et le voile de ma myopie. Plisser les yeux me permet un peu d'écarter le second, mais pas beaucoup.

L'orage est le temps que je préfère, d'habitude.

Ça réveille en moi le souvenir de ma mère qui, lorsque j'étais à l'école primaire, voyant que la neige se mettait à tomber, décidait de me garder à la maison. Au lit, bien au chaud sous la couette, pendant que les flocons voletaient devant ma fenêtre, et que mes petits camarades se gelaient les miches dans la cour de récré. « Chaud, chaud, les marrons chauds », comme elle dit aujourd'hui à mes filles, qui adorent cette expression qu'elle emploie quand il lui arrive de les border. De neige qui tombe à Paris, il n'y en a quasiment plus depuis des années, purée de changement climatique oblige. Mais lorsque les éléments se déchaînent d'une autre manière, lorsqu'une tempête de pluie éclabousse violemment mes carreaux, par exemple. Lorsque gronde au loin le tonnerre, et que mon salon est illuminé par de spectaculaires flashs de lumière. J'aime compter les secondes qui séparent ces deux phénomènes, pour tenter de deviner à quelle distance le danger se situe et me faire peur en me convainquant qu'il se rapproche inexorablement.

Je frissonne alors du violent plaisir d'assister derrière mes vitres à un spectacle sur l'écran le plus géant qu'il soit possible.

Mon bonheur est complet lorsque mes filles et Aaron sont à la maison, près de moi, protégés, avec des stocks de papier toilette et des litres d'eau minérale amoncelés dans la cuisine, nous permettant de soutenir un siège. Les bourrasques peuvent faire plier les arbres, l'averse peut inonder les rues, l'orage peut se déchaîner, on ne craint rien, on a des réserves.

Au pire, si on vient à manquer de nourriture, on pourra toujours se faire livrer des pizzas.

15 h 05

En parlant de nourriture…

– J'ai super la dalle, là, les gars, on fait quoi ?

– Moi aussi je commence à me sentir un peu molle du genou, dit Clotilde. En plus, j'ai pratiquement rien mangé hier soir, juste deux toasts au caviar. Et comme le midi je me réservais pour le repas du soir…

– Bon, ben on n'a pas vraiment le choix, dit Jerry.

Tous les regards se tournent vers Basil, qui hausse les épaules, et nous avoue :

– OK, je m'étais pris quelques petits sandwichs apéritifs hier, sur le buffet du cocktail, mais il ne m'en reste plus. J'ai tout bouffé.

– Arrête, t'es trop crédible, dis-je avec dédain.

– Tu veux une preuve ? s'énerve le chanteur, tiens !

Il presse sa joue de ses doigts, pour mettre ses taches rouges en évidence.

– C'était pas les plantes, je suis allergique aux crustacés, voilà pourquoi j'ai cette gueule. J'ai pas vérifié, avant de les embarquer, mais certains devaient contenir de la chair de crabe ou de la pâte de crevettes…

C'est marrant, mais sur le coup, nous sommes unanimes : personne ne le plaint.

15 h 10

Clotilde répète :

– Sans déconner, je me sens vraiment un peu faiblarde, il faut absolument que j'avale quelque chose.

– Oui, je connais ça, dis-je en lui tapotant la main.

– La sensation de ne pas manger pendant plus d'une demi-journée ? J'en doute, grince, mielleuse, ma copine avec un sourire goguenard en direction de mes cuisses.

– Mais quelle chienne, celle-là… figure toi qu'une fois par an, je fais le jeûne de Yom Kippour. Eeeeh ouais, dans ta face. Et vers quinze-seize heures, c'est précisément le moment où tu sens que tu vas mourir, mais en fait, tu meurs pas.

– Et tu attaques alors de grandes balades en forêt, pour t'aérer l'estomac vide ?

– Qué balades en forêt ? L'objectif pour survivre ce jour-là, c'est zéro dépenses caloriques. Pour ça, j'ai une méthode infaillible : je reste couchée dans mon lit, sous une montagne de couvertures, et je lis, je dors, je lis, je dors, genre je fais *Koh Lanta* sous ma couette, les épreuves sportives en moins.

– C'est bien ce qu'il me semblait, dit-elle. Le truc c'est que, dès que l'orage va cesser, on va se remettre à marcher. Sauf que moi, je ne vais pas pouvoir.

– Tu n'as rien, dans ton sac ? Même pas un petit bonbon à la menthe qui traîne ?

– Rien… je fais super gaffe à ma ligne, tu le sais bien.

– Eeeh ! Mais dis-moi… combien crois-tu que je pourrais perdre, en vingt-quatre heures sans bouffer ? Un bon kilo, non ? Peut-être un kilo et demi, avec un peu de marche à pied ?

– Tu déconnes, là ?

Je soupire et m'affale près d'elle en tailleur, prise moi aussi d'un vertige.

Elle m'attrape par les épaules, solidaire.

– Regarde, lui dis-je en frôlant ses doigts. Ma main tremble et mon estomac crie tellement fort sa souffrance qu'il est en train de commérer avec le tien.

– Qu'est-ce qu'ils se racontent, à ton avis ?

– Je pense qu'ils s'encouragent à avoir des tripes.

Jerry vient nous rejoindre. Lourdement, il s'assoit à nos côtés et croise les jambes.

– L'orage est en train de faiblir, il n'y en a plus pour très longtemps, je pense qu'on va bientôt pouvoir repartir. Mais en attendant, je peux vous proposer quelques amuse-gueules de ma confection…

– Ah ouais ? fait Clotilde, pleine d'espoir.

Moi je ne m'émeus pas. Je connais bien mon cousin.

Évidemment, je ne suis pas déçue :

– La plupart des insectes sont comestibles. On peut les déguster frits, grillés, bouillis, ou même crus. C'est une intéressante source de protéines – idéale en cas d'activité physique – à condition de retirer leur carapace, leurs ailes et leurs pattes avant dégustation. Je vous prépare combien de brochettes ?

Clotilde se tourne vers moi :

– Redis-moi ton truc pour tenir pendant ton jeûne du kibboutz, déjà ?

– Nan mais, Jerry, arrête, y a pas des fruits ou des légumes sauvages, dans le coin ?

– Je suppose que oui, mais il faut les chercher et donc risquer de se manger un éclair entre les sinus. Maintenant, la dernière option reste de tenter d'attraper un petit animal en fabriquant un piège. Qui veut s'y coller ? Perso je passe mon tour, la vue du sang me répugne.

– Moi je ne mange que de la viande qui a été soigneusement désinfectée par mon boucher, intervient Basil, à qui personne n'a rien demandé.

Lui et Jerry me fixent.

Je m'écrie :

– Ne comptez pas sur moi ! Si un animal s'approche de moi, je l'adopte.

– OK, dit Clotilde, moi je veux bien tenter, mais je vous préviens, quoi que j'attrape, c'est moi qui garde la cuisse.

Agacée que nous soyons obligés d'en arriver à ces extrémités, je me plonge dans la contemplation du grand flou qui m'entoure, quand une petite ampoule se met à clignoter au-dessus de ma tête.

– Stoooop, dis-je, laissez tomber ! J'ai une meilleure idée ! Mais comment se fait-il que personne n'y ait pensé plus tôt ?

Tout le monde dresse l'oreille, à part Jerry qui a le regard perçant d'un joueur de tennis attendant que la balle soit suffisamment à sa hauteur pour la smasher.

Ce qui m'est complètement égal, puisque je sais que mon idée va lui clouer le bec.

– On va partir tranquillement à la recherche d'un moyen de locomotion pour rentrer, et si vraiment on a trop faim, en chemin, on n'aura qu'à chercher des nids dans les arbres qui ne sont pas trop haut… un petit trou dans l'œuf, et hop, glou-glou, à nous le milk-shake jaune ! Simple, propre, efficace. Merci qui ?

Les applaudissements fusent, sauf, bien sûr, de la part de mon cousin, ce sale casseur d'ambiance.

– Miam-miam, en l'occurrence. Comment feras-tu si l'œuf est fécondé ? Tu gobes le fœtus ? Remarque, c'est comme ça qu'on aime les déguster en Asie, avec le poussin encore dedans…

Mon cousin, je le déteste.

15 h 25

Un éclair vient déchirer les nuages gris ardoise amoncelés au-dessus de nos têtes, suivi d'un bref coup de tonnerre. La pluie commence à se calmer. C'est déjà ça.

Devant notre début de grotte, le sol n'est plus qu'un marécage fangeux surmonté d'herbes inondées, tandis qu'un peu plus loin les feuilles des arbres pleurent leur bonheur d'être lavées.

Et dire que Clotilde et moi nous apprêtions à payer une fortune pour des enveloppements de boue et des soins à base d'affusion d'eau douce, alors que pour pas un kopeck, il suffisait juste de nous perdre en forêt. Même le régime diététique est équivalent : la famine.

Ça, pour rentrer détoxifiées, on va rentrer détoxifiées (si on parvient à rentrer).

Et pourtant, c'est tellement différent. Qu'est-ce qu'une eau pour se détendre s'il n'y a pas de bulles dedans ? Que sont des enveloppements de glaise s'ils ne sont pas suivis d'un enveloppement dans un peignoir chaud et moelleux ?

Hein ? Eh ben rien de plus que de la gadoue et du pipi de nuage.

Ça suffit, maintenant, j'ai bien profité de ces fausses vacances. Je veux rentrer chez moi !

Je veux pouvoir me plaindre parce que j'ai oublié d'acheter *Voici*, pas parce que je risque de me faire dévorer par les loups ! Je veux pouvoir me lamenter que je souffre à travailler sans voir personne, alors qu'en réalité je suis allergique aux collègues de bureau.

C'est mon droit le plus absolu de rouspéter pour tout et pour rien, sinon à quoi ça sert d'être parisienne ?

Je le reconnais, j'ai râlé parce que j'en avais marre de me faire photographier n'importe où, n'importe quand, même avec de la teinture sur la tête. Mais je me sens aujourd'hui si pleine d'amour pour mon métier que j'accepterais même de me laisser shooter dans le lieu le plus déprimant au monde : une cabine d'essayage. C'est dire.

– Tu imagines, soupire Clotilde, si on avait ta chienne avec nous ? Comment elle aurait trop pu nous aider à retrouver notre chemin…

– Ma chérie, tu te goures. Ma chienne est l'incarnation vivante de Rantanplan. Elle aurait juste flippé sa race de se faire mouiller par l'averse, et serait tranquillement allée faire pipi sur le seul endroit sec qu'elle aurait trouvé : celui où on dort.

J'attrape ma pochette en satin, et cherche machinalement dedans, pour la vingtième fois, si mes lunettes ne s'y trouvent pas. Mais je réalise que ce n'est pas la seule chose que j'ai dû abandonner, pour ne pas surcharger mon micro-sac de soirée.

– Ho ! Ma pilule, j'y pense… elle est restée dans mon sac, à l'hôtel, du coup je n'ai pas pu la prendre. Raaah, c'est un coup à me pourrir mon cycle, ça.

– Pourquoi ? demande Basil en ricanant. T'as peur de te faire violer par un fennec ? Ne crains rien, ta coupe te protège.

Je m'avance vers lui et le scanne des pieds à la tête de mon regard le plus dégoulinant de dédain, puis je lâche :

– Quand on possède une chevelure qui masque son début de calvitie comme les trois poils repliés sur le crâne de Valéry Giscard d'Estaing lui donnent l'air d'Amanda Lear, on évite de prononcer le mot « coupe ».

J'ai touché un point sensible semble-t-il, car il se décompose et marmonne :

– Alors là, pour ce que tu viens de dire, considère-toi comme définitivement bannie de mes concerts.

– Tes concerts ? Mais, Basil… je n'avais jamais entendu parler de toi avant de te rencontrer !

Il ne me répond pas, croise les bras, ulcéré, et se met à bouder ostensiblement, ses plaques rouges scintillantes sur sa peau plus pâle que jamais.

Ignorant la fielleuse tension ambiante, provoquée par le surcroît de bile de nos estomacs vides, Clotilde attrape une poignée de petits cailloux, et se met à les jeter lentement en direction d'une flaque d'eau qui s'est formée devant l'abri.

– Je suis sûre, murmure-elle les yeux dans le vague, qu'un jour on pourra communiquer avec les animaux.

J'allonge mes jambes près d'elle et observe mes pieds crasseux aux orteils maculés de boue humide.

– T'es dure, quand même. Appelle les « les garçons », sinon ils vont se vexer.

Elle me lance un regard si inexplicablement habité que je me retiens de lui taper doucement sur le front en faisant « toc, toc, y a quelqu'un ? »

– Je suis sérieuse, Anouchka. Quand on a un animal domestique, et je le constate avec mon chat, c'est une évidence. On comprend que les bêtes ne sont pas « bêtes »...

– Ça dépend. Laisse-moi te présenter Chochana.

– Tiens, pourquoi ne l'utiliserais-tu pas dans un de tes romans ? As-tu entendu parler de ces singes à qui on a enseigné la langue des signes, qui parviennent ainsi à raconter des événements de leur vie ? Et ces perroquets, dont on a estimé les capacités intellectuelles à celles d'un petit d'homme de cinq ans ? Sans compter ces milliers d'histoires surprenantes sur nos compagnons domestiques, révélant des aptitudes émotionnelles quasi humaines.

Je lui donne un coup d'épaule fraternel.

– Qu'est-ce qui se passe ? Une brusque bouffée de repentir au souvenir de la grosse bestiole sur ta tête que tu as écrabouillée à coups de talon ?

– Quoi, le truc immonde à six pattes ? Beurkbeurkbeurk. Non, faut pas déconner quand même, il y a des limites au monde animal.

Elle replace une mèche de ses cheveux blonds derrière son oreille. Puis, du bout de l'index, elle se met à tracer de petits dessins dans la terre meuble.

– Et les plantes, hein ? demande-t-elle sans s'adresser à personne en particulier. Les plantes ? Vous allez me dire que c'est par hasard que l'oignon à cette capacité à faire pleurer celui qui le coupe ?

Jerry m'adresse un signe de tête affligé, tout en vissant discrètement son doigt contre sa tempe :

– Et le flageolet ingéré, dit-il, dans une ultime tentative de survie, se débat dans nos intestins, provoquant de petites explosions malodorantes que l'on appelle plus communément des pets... c'est cela oui... bon, Anouchka, à ton avis ?

Insolation avant l'orage, ou refroidissement avec surproduction de mucus ayant noyé le cerveau ?

– Je dirais, mon cher collègue… contamination par une bactérie ayant infusé dans l'eau de tes chaussures. Il fallait s'y attendre.

Il émet un petit « tss, tss » réprobateur.

– Ça ne s'appelle pas une bactérie, ma chère collègue, ça s'appelle un arôme, et c'est tout sauf toxique.

– La preuve que non. À ce sujet, il va de soi que la manière dont nous avons survécu sans rivière à proximité est un secret absolu qui devra rester enfoui au plus profond de notre mémoire, et ne jamais être révélé à quiconque.

– Sinon ?

– Sinon je pleure.

15 h 35

Clotilde se redresse brusquement.

Elle ramène ses cheveux mi-longs en arrière, et se frotte les mains.

Ses ongles sont sans doute noirs, mais sous le vernis carmin qui les recouvre, on ne voit rien.

– J'ai une idée ! Et si, en attendant que l'orage se termine, on se faisait une soirée pyjama sans pyjamas ? Ça fait tellement longtemps que je n'en ai plus faite…

Jerry, qui avait commencé à sombrer dans la léthargie, sursaute en entendant ça, et annonce :

– Juste une minute. Je prends une branche, je me crève les yeux, et vous pourrez commencer à vous déshabiller.

Un mouvement dans la petite caverne.

C'est Basil qui s'approche :

– Huum… sans pyjama ? Intéressant…

– Sans pyjama, et sans lourdingue, précise ma copine.

Basil s'éloigne.

Je secoue la tête, même si mes cheveux restent immobiles :

– Soirée pyjama ? Mais qué pyjama ? Je passe mes journées en pyjama, à la maison. Le pyjama, c'est devenu mon uniforme, alors le soir, je n'ai qu'une envie, c'est d'enfiler des fringues pas confortables du tout pour sortir avec mes copines. Et en plus, on n'est même pas le soir !

Clotilde exulte :

– Je prends ça pour un oui !

19

Bon, SOS, quoi, à la fin

Il est très difficile de faire entrer une femme dans sa quarantième année.
Et plus difficile encore de l'en faire sortir.

André Roussin

15 h 37

– Si je dois les subir, je préfère encore savoir à quelles souffrances je dois m'attendre. C'est quoi, concrètement, une soirée pyjama ? demande Jerry, toujours curieux dès qu'il s'agit d'intégrer une nouvelle information, quand bien même elle ne lui servira plus jamais de sa vie, comme ici.

Une nuée d'oiseaux indéterminés (je distingue à peine que quelque chose bouge dans le ciel, faut pas m'en demander plus) prend son envol brusquement, sans doute dérangés par un animal sur le point de les surprendre. Avec un peu de chance et un éclair bien placé, on aura peut-être droit à du poulet rôti, pour le goûter.

Clotilde (ravie). – Alors le concept est le suivant : on se réunit à plusieurs dans l'appartement d'une copine, on se fout toutes en pyjama pour être à égalité au niveau du look, et là, on se lâche, régression totale, *free style* !

Jerry (levant un sourcil). – J'ai peur de comprendre. Qu'entends-tu par « on se lâche, régression totale, *free style* » ?

Clotilde. – Ça varie. On se passe les tubes de notre adolescence en dansant dessus comme si nos parents nous avaient donné la permission de vingt-deux heures, on fait des tentatives de maquillage et de coiffures avant-gardistes, on fout en l'air notre régime en nous goinfrant de bonbecs et de gâteaux…

Moi (en soupirant). – Ça, c'est mon moment préféré.

Clotilde. – … et puis on fait des jeux débiles, genre action ou vérité, par exemple, ou bien on se tire les cartes pour deviner notre avenir. Bref, on met au placard nos habits de mères, d'épouses, ou de femmes actives…

Moi (en soupirant encore). – Ou les trois à la fois.

Clotilde. – … pour nous accorder le droit d'être futiles et irresponsables juste le temps d'une soirée, avant de nous endormir d'épuisement dans le salon aux premières lueurs de l'aube. On a déjà le coup des coiffures avant-gardistes…

Moi. – Tu m'étonnes.

Clotilde. – … Pour la musique, on peut chanter…

Basil (dans son coin). – Non merci, pitié.

Clotilde. – … Et on a déjà passé la nuit tous ensemble.

Jerry. – Donc en fait, c'est un truc que font les filles entre elles ?

Clotilde. – Oui, mais…

Jerry (soulagé). – Ah ! Trop dommage, je ne peux pas jouer avec vous : j'ai un pénis.

Clotilde. – Oui, mais…

Jerry. – Quand bien même je le planquerais entre mes cuisses, il reste un autre organe qui me disqualifie d'office : j'ai aussi un cerveau. Vraiment, je regrette du fond du cœur, mais ça sera sans moi.

15 h 40

Ma blonde amie s'approche de lui à quatre pattes, et le fixe droit dans les yeux, d'un air qui ne souffre pas de réplique.

Clotilde. – Action ou vérité ?

Sa voix est très proche du ton autoritaire qu'utilise la mère de Jerry, mais elle ne l'a pas fait exprès.

Jerry. – Pardon ? Je viens de te dire que...

Clotilde. – Attention, si tu refuses de répondre, tu as un gage.

Jerry. – Ah. C'est une soirée pyjama obligatoire ? Genre comme au bagne, on m'impose la tunique rayée d'office ?

Moi (répondant à sa place). – Il choisit vérité.

Coincé avec nous sans possibilité de fuir, il finit par capituler.

Jerry. – Misère...

Clotilde tape dans ses mains de contentement, attrape une de ses boucles emmêlées, la tortille en réfléchissant, lâche sa nouvelle dreadlock et dit :

– OK. Aaaalors... Quelle est la pire chose qu'on t'ait dite à propos de ton physique ?

– Et sinon, à quel moment c'est supposé être drôle ?

– Ça l'est pour nous. Réponds, homme à lunettes.

Jerry se gratte le menton, sur lequel une légère ombre blonde de deux jours commence à apparaître.

– Si j'ai bien compris le principe qui prévaut dans votre jeu de femelles souffreteuses en manque de glucose, c'est que si je réponds à votre question pourrie, j'ai le droit de vous en poser une après ?

– Exactement, dit Clotilde.

– À chacune ?

Je réponds en regardant ma copine, qui acquiesce de bonne humeur.

– Eh bien… oui.

– Ça me va, opine-t-il en échangeant un drôle de regard avec Basil, adossé à l'autre bout de l'abri en pierre. Donc la pire chose que l'on m'ait dite à propos de mon physique c'est : « Tu as l'air de Rocky Balboa, qui aurait juste l'œil au-dessus de son coquard. »

– C'est tout ? je demande.

– C'est déjà beaucoup, me répond-il avec un large sourire ironique. Donc, maintenant : à moi.

Il se frotte les mains de satisfaction perfide, en émettant un petit rire genre « huhuhuuu… ! », qui se veut machiavélique, mais qui ressemble en réalité aux gloussements d'un évadé de *La Cage aux folles*.

– Alors on commence : Anouchka, action ou vérité ?

Pas si vite. Je connais mon cousin, je sais qu'il n'hésitera pas une seconde à me demander de faire un truc ignoble si je choisis « action », genre m'ordonner d'aller déterrer un ver de terre pour m'en flageller la paupière, faire la chandelle allongée sur un tapis de boue, ou l'embrasser sur la joue (là où il y a du pus).

– Véritéééééé !

Son sourire s'élargit.

C'est étonnant.

– J'aime ton courage. Bien, alors, Anouchka, ma question, celle à laquelle tu dois répondre en disant la stricte vérité, est : es-tu attirée sexuellement par Basil ?

Réjoui, il croise ses mains derrière son crâne et s'adosse contre le mur de pierre, ses deux nez (le violet et le rose) pointés vers moi, attendant ma réponse.

Oh l'ordure.

Je tire sur mon oreille, signe évident de gêne (normalement je tire sur mes cheveux, mais leurs bouts sont si haut qu'ils me sont actuellement difficiles d'accès), sous les regards scrutateurs de Clotilde et de Basil, qui s'est approché discrètement et a cessé de se gratter (signe que sa curiosité le démange davantage que son éruption).

Moi (outrée). – Mais enfin... non, certainement pas ! T'es malade, ou quoi ? Je suis folle amoureuse d'Aaron, mon mari je te le rappelle, sale morpion.

Jerry (secouant l'index). – Tut-tut, ne laisse pas ton inconscient s'exprimer par cette image indigne de la femme fidèle que tu prétends être. J'ai bien remarqué les petits regards que tu lui lançais ce matin...

Alors là, je suis partagée entre l'envie de le baffer pour qu'il taise ses inepties, et l'envie de le baffer juste pour le plaisir. Je crois que je vais le baffer pour les deux raisons, ça fera d'une claque deux coups.

Moi (sidérée). – Pardon ? Quels regards ? Je bigle tellement que je pourrais aller taper la discut avec un arbre en croyant que c'est toi. Note que ce serait peut-être la seule fois où nous aurions une conversation intéressante.

Jerry. – Tu digresses.

Moi. – Car tu m'agresses.

Jerry. – Tu progresses...

Moi. – Et tu stress ?

Jerry. – Je suis en liesse !

Moi. – Face de fesse.

Clotilde s'interpose :

– Stoop, c'est bon, arrêtez vos gentillesses, on laisse tomber, vous avez gagné, ce jeu est nul. De toute façon, il n'y a plus d'éclairs, je crois qu'on va pouvoir y aller.

15 h 51

Effectivement, l'orage a cessé. Mais Jerry n'a pas dit son dernier mot. Tel le génie dont on aurait frotté la lampe pour rigoler, il refuse de retourner dans sa cafetière tant que l'on n'aura pas honoré notre promesse d'une seconde réponse.

Alors, tranquillement, il s'approche de Clotilde, la surmonte de ses six centimètres de différence, et lui demande :

– Action ou vérité ?

Je chuchote à l'oreille de ma copine :

– Prends action, qu'on se débarrasse. Il va te demander de faire un tour sur toi-même à cloche-pied, il va faire « honk honk honk » avec son gros rire d'orang-outang, et on pourra partir.

Mais Clotilde se sent trop faible pour faire un tour sur elle-même à cloche-pied.

Alors elle choisit « vérité ».

Elle n'aurait pas dû, et elle va immédiatement comprendre à quel point.

Jerry (qui réajuste ses lunettes pour mieux profiter du spectacle). – Clotilde, je me demandais, tu as quel âge, en réalité ?

Ses yeux étonnés clignent plusieurs fois, très vite, et je m'approche d'elle pour ne pas qu'elle nous fasse un malaise. Ou qu'elle nous fasse une simulation de malaise.

– Eh bien... j'ai trente-cinq ans, dit-elle d'une voix blanche.

– Si tu mens, tu as un gage. Et sache que j'ai beaucoup d'imagination.

– J'ai... trente-cinq ans et demi.

– C'est ta réponse ?

Cette fois, je m'énerve.

– Bon, ho, Jerry, tu nous gonfles les gonades, avec ton insistance douteuse.

Il se recule, et époussette nonchalamment sa veste si sale que son geste est comiquement inutile.

– Hier, je ne dormais pas.

– Mais... quelle espèce de sale petit fouineur ! je m'exclame, outrée, en me tournant vers Clotilde.

Dont les yeux sont baignés de larmes.

Les miens s'écarquillent.

– Heeu... ma poulette... je...

Elle nous tourne brusquement le dos, les bras serrés autour d'elle, et prend une grande inspiration, le nez au vent.

Basil, aux premières loges, cueille un brin d'herbe détrempé, le met dans sa bouche, et le mastique en observant la jeune femme d'un regard aussi vide que désormais totalement marron. Et dire que parfois, on confond le vide et le mystère...

J'avise mon cousin comme si je venais subitement de le découvrir, et commence à lui mettre de petites calbotes sur la tête :

– Mais ça t'amuse de battre chaque jour ton record de médiocrité ? C'est pas possible ! Tu te dopes, ou quoi ?

– Aïe... aïïïe... mais aïe-euh ! couine-t-il en les évitant. Ça va, c'est pas de ma faute si elle est complexée !

– Non, par contre c'est ta faute si tu es con !

Clotilde retient ma main, alors que je m'apprêtais à lui mettre la claquouille suprême.

15 h 54

– Je suis fatiguée, me dit-elle. Viens, on s'en va.

– Je ne bougerai pas d'ici tant que cet abruti ne t'aura pas fait des excuses.

– Tchao ! crie Jerry qui se dirige vers l'entrée de l'abri en recoiffant ses cheveux courts.

– JERRY BERDUGO ! Un pas de plus et je te JURE que je… je…

– Tu ? dit-il en se retournant.

– JE NE SAIS PAS QUOI MAIS JE TE JURE QUE CE SERA TERRIBLE ! je hurle, les dents serrées en agitant les poings.

Lentement, il se passe la main sur le visage en poussant un profond soupir.

Décidément, on ne s'aime vraiment bien que quand on se voit peu.

Derrière lui, Basil glousse bêtement.

Ce type fait définitivement partie des hommes beaux tant qu'ils n'ont pas ouvert la bouche.

– Je n'ai aucune excuse à lui faire, car je n'ai proféré aucune insulte, s'insurge Jerry.

– Si !

Il soupire de nouveau, secoue la tête, et s'adresse à Clotilde :

– Désolé si ton âge te pose un problème, mais… (Il hausse les épaules.) Eh ben quoi ? On vit dans une société où l'espérance de vie est telle qu'atteindre les soixante-dix balais n'a plus rien d'exceptionnel. Alors tu as le choix entre passer les quarante prochaines années à vivre frustrée, ou bien t'assumer, être bien dans ta peau, ne pas te soucier des imbéciles, et profiter de tout ce que l'existence t'a apporté d'expérience et de maturité à fond les narines.

Clotilde est décontenancée par le ton impératif qu'a employé Jerry.

Moi aussi, d'ailleurs. Qui aurait pu penser que sommeillait un tel caractère sous sa carapace d'amorphe ?

Ma copine triture nerveusement son bracelet, les yeux baissés.

Il s'approche d'elle, tandis qu'elle lui répond :

– Mon âge ne me pose pas de problème. C'est juste un rappel du temps qui passe, et de tous les rêves que je n'ai pas accomplis encore, l'annonce que les marques qui rayent mon visage vont aller en s'amplifiant...

Jerry prend maintenant un air concentré, repousse ses lunettes contre l'arête de son nez, en joignant les paumes de ses mains.

– Si on considère, dit-il comme s'il s'apprêtait à résoudre un problème de logique mathématique, les rides comme les cicatrices de ton vécu, peut-être que ton souci n'est pas de commencer à en avoir, mais de regretter ce que tu as vécu ?

– Non, je ne crois pas, je ne regrette pas grand-chose...

– Alors pourquoi ça te travaille dans ce cas ? Si tu as des rêves, tu n'as qu'à te réincarner dans ta propre vie, tout changer, tout recommencer, absolument rien ne t'en empêche. Pourquoi avoir besoin de ressembler à quelqu'un de lisse, qui n'a encore rien connu ?

Elle s'offusque, sidérée qu'il ne comprenne pas de lui-même.

– Mais parce qu'il le faut ! La société nous l'impose, tu ne peux pas aller à contre-courant, c'est débile. C'est l'époque qui veut ça, tu DOIS paraître jeune, pour ne pas te faire distancer dans tous les domaines, en amour, au boulot...

Jerry éclate de rire.

– Tu connais la mode ?

– Un peu, minus, c'est mon métier, j'te f'rais dire. Je suis styliste.

– Donc tu connais bien ce truc mercantile et futile qui impose aux autres comment s'habiller, en dépit même de leur morphologie. C'est facile, ça change toutes les saisons. Hier, la couleur verte était honnie ? – sauf ton respect, hein, Clotilde. Aujourd'hui c'est LA couleur à porter absolument sur tes robes et tes chaussures. Hier, les jeans étaient exclusivement taille haute ? Aujourd'hui tu as l'air d'un plouc si tu portes autre chose qu'un taille basse, même si ton corps n'est pas fait pour et que ton bourrelet ventral dépasse. Porter des strings il y a trente ans, c'était être lubrique. Ne pas en porter aujourd'hui, c'est être *has been*.

– Tu portes des strings, Jerry ? je demande, stupéfaite.

– Ne m'interrompt pas, petite sotte. Tout ça ne date pas d'aujourd'hui : les femmes subissent ça depuis des lustres. Un certain siècle tu es considérée comme un thon si tu n'as pas des hanches larges et des petits seins, un autre siècle tu es regardée comme une vilaine si tu n'as pas la taille fine et de gros lolos, dans un certain pays tu es un monstre si tu as de grands pieds, alors tu dois te les faire bander parce que les moignons, c'est plus mignon, dans un autre pays tu es affreuse si ton cou possède une taille standard, alors il te faut l'allonger avec des colliers en métal, même si ça fait mal. Tu as la peau mate ? Inadéquate ! L'époque est au cachet d'aspirine, il faut te farder de poudre blanche pour avoir l'air classe. Tu manques de mélanine ? Tant pis rouquine ! L'époque est au cuivré, il faut que tu te brûles pour avoir l'air bonnasse. Aujourd'hui, au lieu d'être évoluées et de s'être libérées de ces critères esthétiques déformants qui leur étaient imposés, les gonzesses se mutilent de leur plein gré à coups de bistouri, pour se faire faire une tronche qui ressemble à un masque en carton inexpressif.

Clotilde croise les bras, sur la défensive.

– J'ai rarement entendu une argumentation aussi débile.

Mais Jerry est lancé, et dans ces cas-là, il est aussi difficile de l'arrêter qu'une locomotive lancée à toute vapeur à quelques mètres de laquelle on tendrait un panneau « stop ».

– Ah oui ? Tu verras, demain : vieillissement de la population oblige, les rides redeviendront tendance par la grâce d'un créateur un peu moins con que les autres. Parce que ça arrivera forcément, la mode est cyclique, c'est comme ça que ça marche. Hier on respectait les aînés, aujourd'hui on valorise les jeunes, demain on redécouvrira les vieux. Il suffira juste de ne plus parler de « rides », mais de les renommer d'une façon plus glamour, comme « les sillons de l'expérience », « les lignes de vie », « les stigmates de la connaissance », « les traits aimés », ou que sais-je...

Je l'interromps :

– Jerry. « Les stigmates de la connaissance » ? Tu ne te fous pas un peu de notre gueule, là ?

– Les rides de la personne que tu aimes, proclame-t-il le doigt levé, sont comme les cicatrices sur un doudou : même avec sa tronche toute rapiécée, on a tellement de souvenirs avec lui qu'on n'en voudrait pas un neuf !

– Par pitié, dis-je en soupirant, tu es vraiment obligé de nous parler sans arrêt de ta mère ?

Clotilde, les yeux parfaitement secs maintenant, attrape sa veste en s'énervant.

– Désolée mec, mais je continue de trouver ton raisonnement à côté de la plaque.

– Ah oui ? fait Jerry.

– OUI !

Je secoue mes mains devant leurs visages rouges, pour attirer leur attention.

– Pause ! Vous m'attendez une seconde ? J'ai besoin d'aller faire pipi, je reviens et on se casse. Ne partez pas sans moi, hein ?

16 h 05

Il ne pleut plus, les nuages se sont éparpillés, et le soleil darde ses rayons dans un ciel à nouveau limpide. Je file à toutes jambes, en prenant garde toutefois de ne pas me vautrer sur le sol glissant et gorgé d'eau. Mes pieds nus s'enfoncent directement dans la terre humide. C'est une sensation étrange, à la fois répugnante et voluptueuse. Ce n'est pas pire que de fouler le sable d'une plage, c'est juste plus froid et plus crade.

Devant moi se trouvent des arbres par centaines, et une végétation si touffue entre de gros rochers que je n'ai que l'embarras du choix pour décider quel bosquet aura l'honneur et le privilège de me voir m'accroupir derrière.

Quand j'y pense, me dis-je en soulevant ma jupe, c'est vrai qu'il y a des trucs où il n'a pas tort, cet abruti de Jerry. OK, il flippe moins de la ptôse de ses nichons ou de ses bajoues, essentiellement parce qu'il n'a pas de nichons. Mais n'empêche, ai-je tant la nostalgie que ça de ces années de promiscuité où je partageais la chambre de mon frère, où je devais rendre des comptes à mes parents, où j'enchaînais les jobs pourris sans vraiment savoir ce que j'allais faire de ma vie, où j'étais en tel apprentissage de moi-même, que je ne mesurais ni mes forces, ni mes faiblesses…

La réponse est : non.

Clotilde a raison sur un point : l'âge véritable, c'est celui qu'on a dans la tête.

Et dans la mienne, j'ai trente ans pour longtemps.

Tant pis si je me fringue parfois comme une gamine, si j'emploie les expressions de mon adolescence en croyant qu'elles sont encore tendance, ou si j'aime danser toute seule sur la musique qu'écoutent mes filles. L'important est juste que je sois en accord avec mon tempérament.

OK, je ne peux pas empêcher mon corps de vieillir. Mais qui m'oblige à me comporter comme une vieille ?

16 h 07

À part ça, et je le dis sans exagération aucune, si on n'est pas rentrés d'ici ce soir, je m'en fous, je bouffe une cuisse de Jerry. Après tout, il… (je percute) IL… OH PURÉE DE BORDEL DE MERDE.

16 h 08

Voilà, finito el pipito. Vite, courir.

16 h 09

Attends, c'est bien par là que je suis arrivée ?

16 h 10

Huum… j'ai un doute. Par là, alors ?

16 h 11

Oh nan-nan-nan-nan-nan. C'est l'attaque de la mouise géante, là : j'ai pas été dressée à distinguer quoi que ce soit juste avec mon odorat. Toute cette végétation se ressemble tellement… Calme-toi, ma fille. Tu vas compter jusqu'à trois, et ensuite tu paniques.

Un, deux…

16 h 12

Tr…

Une main se pose sur mon épaule.

– AAAH, Basil, qu'est-ce que tu fais là ? ?

– Je te cherchais.

– Ho ?

– Oui, je voulais te dire…

– Le chemin. Dis-moi d'abord où est le chemin pour revenir aux autres, et je t'écoute pour le reste.

Il a une drôle de voix, Basil.

Il a aussi une drôle d'attitude. Je le sens comme énervé.

– Anouchka, prononce-t-il sans bouger alors que je le tire par la manche. Je n'ai pas beaucoup apprécié ce que tu as dit tout à l'heure, à propos de mes cheveux.

– Tes chev… non, mais on s'en fout, de tes cheveux ! Vite, il faut rentrer tout de suite !

Sa main agrippe mon poignet et le serre.

– Non, pas tout de suite.

20

Ho ?

J'ai passé une excellente soirée…
Mais ce n'était pas celle-ci.

Groucho Marx

Houlala, celui-là il va me gonfler, je le sens.

Je donnerais mon assiette de saucisses pour une paire de lentilles (de contact), parce que être dépendante d'un chieur pareil, c'est au-dessus de mes forces.

– Vas-y, crache vite ce que tu veux me dire, il faut qu'on retourne voir les autres sans perdre une minute.

– Anouchka, je crois que tu ne réalises pas ce qui est en train de se passer, là.

– Si. Tu strangules mon bras.

– Pardon, dit-il en me lâchant.

Il s'éclaircit la gorge, et emploie un ton professoral pour m'adresser les remontrances qu'il estime nécessaires.

– Je t'ai sauvé la vie dans la piscine, tu pourrais au moins te montrer un peu plus reconnaissante. Et puis nous avons passé la nuit ensemble, ce n'est pas rien…

– Hein ?

– … je suis parti à votre recherche, dans la nuit glaciale, et je vous ai retrouvés, tes amis et toi, lorsque vous vous êtes perdus en forêt, j'ai aussi permis que vous échappiez à l'hypothermie en faisant du feu avec mon briquet…

– Et la marmotte, elle met le chocolat dans le papier d'alu.

– Tu le nies ?

– Eh bien c'est une vision, comment dire, extrêmement personnelle de la réalité.

Il cueille une large feuille dentelée et la porte à son nez pour en respirer le parfum mouillé.

– C'est en tout cas celle que je donnerai aux journalistes pour raconter notre escapade.

– Ah ? Eh bien vas-y.

– Sauf si…

– Non, non, vas-y, ça ne me dérange pas. Ça me fera de la pub.

Impossible de retenir l'éclat de rire qui monte et fait vibrer mes joues de l'intérieur, devant la tête que fait ce pauvre petit Basil tout décontenancé.

Mais très vite, il se reprend.

– Écoute, Anouchka. Je vais jouer cartes sur table avec toi. Ma carrière musicale s'essouffle, mes titres sont téléchargés gratuitement, je n'arrive plus à m'en sortir… Or, il se trouve que j'ai toujours rêvé d'écrire un roman.

Et allez.

À tous les coups, il va me demander des conseils, voire des idées.

Peut-être aussi de préfacer le livre qu'il imagine rédiger.

Ou alors… nooon, il n'aurait quand même pas l'hystérie de croire que je pourrais accepter d'écrire un livre à quatre mains avec lui, tout de même ?

– Je sais ce que tu penses ! s'exclame-t-il. Tu te dis que parce que je viens d'un groupe, je ne vais pas être pris au sérieux. Mais rassure-toi, par souci de légitimité, je comptais utiliser mon véritable nom : Bernard Pichon.

– B... Bernard Pich... ?

– J'ai juste besoin d'un nègre, c'est tout. Le prix n'est pas un problème. J'utilise bien une autre voix pour chanter les refrains sur mes CD.

16 h 30

Eh ben vous savez quoi ? J'ai dit oui. Une opportunité pareille, ça ne se refuse pas : celle de pouvoir montrer, en direct et sans trucages, ce que c'est qu'une raconteuse d'histoires, quand elle n'écrit pas. Pour le rassurer, j'ai donc été la Louis Armstrong du pipeau.

Du coup, nous avons rejoint l'abri de pierre en marchant vite, et mes mollets me lancent comme si j'avais fait un footing dans cinquante centimètres d'eau.

Arrivés sur place, nous ne pouvons que constater l'évidence : la cavité est vide.

Oh non, c'est pas vrai...

Affolée, je me précipite à leur recherche, Bernard-Basil sur mes pas. Vite, vite avant qu'il ne soit trop tard...

Après quelques foulées, je baisse les yeux, et soudain, je pousse un hurlement en me tenant les joues.

– Oh mon Dieu ! Cette salive, toute cette salive, partout !

Derrière un énorme buisson d'une plante dont j'ignore le nom, se trouve le corps de Clotilde, à cheval sur celui de Jerry, en train d'écoper avec sa langue la bouche dégoulinante de mon cousin. Ses mains à lui, perdues dans le décolleté de son dos à elle, fouillent avidement ses vertèbres, à la recherche, j'imagine, de l'endroit qui n'en contient plus.

– ESPÈCE DE SALE PETIT FUMIER ! Alors comme ça, nous n'avons jamais été perdus, tu as toujours su où nous étions ? !

– Hu ? couine Clotilde, sans lâcher la lèvre inférieure de sa victime.

– ... e... é... ou... e... i... é..., n'articule pas Jerry. Ce qui signifie sans doute une banalité du style « je vais tout t'expliquer ».

19 heures

Jerry a avoué.

Fou d'astronomie depuis des années, il était parfaitement capable de se repérer à partir de la position des étoiles le soir où nous nous sommes perdus, et de nous ramener dans la direction de la voiture.

Pourquoi ne l'a-t-il pas fait ?

Envie de rigoler ? Envie de s'évader de la vie virtuelle qui rythme son quotidien lorsqu'il ne shampouine pas ? Envie de s'offrir une petite récré en compagnie d'une jolie blonde ?

Je ne le saurai jamais, vu que j'ai juré que la prochaine fois que je lui adresserai la parole, les comètes auront des dents. Ou lui n'en aura plus.

Et m'est avis que sa mère ne le saura pas non plus, car cette petite canaille de femme s'est trouvé un nouveau centre d'intérêt qui focalise désormais toute son attention.

La nuit où son fiston s'est « perdu », elle l'a passée entre les bras d'un vieil ami revu à la réception du mariage de Charlotte, qui lui a rappelé qu'elle avait un corps, et combien il pouvait encore exulter.

D'où je l'ai su ? De tata Muguette.

C'est elle qui nous l'a appris quand elle nous a retrouvés, après être partie à notre recherche alertée par Aaron, inquiet de ne pas parvenir à me joindre par téléphone. (Finalement, le marquage par bague n'a pas été vain !)

Au début, elle nous a raconté qu'elle nous avait localisés grâce à sa parfaite connaissance du terrain, ayant été dans la Résistance pendant la guerre. Puis, comme on s'extasiait en la félicitant, elle nous a insultés d'avoir cru qu'elle aurait pu être dans la Résistance, vu son âge, et nous a expliqué tout simplement avoir aperçu la voiture de Basil, qui était garée à quelques mètres de notre abri, lui-même juste situé derrière un talus.

Ce qui signifie que le soir où nous avons beaucoup marché, en réalité nous n'avions fait que tourner en rond. Comme des... sots.

Muguette n'a cessé de se moquer du peu de débrouillardise de la jeunesse actuelle, et Basil a été très impressionné par la façon qu'elle a eue de nous ramener d'un coup de volant assuré jusqu'à l'hôtel. On peut même dire que sa façon de nous prendre en charge avec vigueur l'a en quelque sorte subjugué. Spontanément, sur le chemin, il lui a confié ses problèmes d'orientation dans l'espace. Elle lui a promis de l'aider à les résoudre.

La dernière fois que nous les avons vus, Muguette lui mettait une petite tape sur les fesses.

Et puis, quelques jours plus tard, juste avant de repartir pour la capitale, Clotilde et moi avons appris qu'un type s'était fait arrêter.

L'homme, dont l'activité principale était d'officier dans des soirées branchées en tant que disc-jockey option « *human beatbox* » (c'est un type qui fait l'homme-orchestre avec sa bouche, et imite des instruments de percussion en faisant « toum ! toum ! tougoudag ! tcha-tcha ! » très près du micro, quoi), s'incrustait pour manger gratos dans tous les mariages de la région.

Comme « *human beatbox* » c'est un métier au nom quelque peu repérable, il se faisait passer pour un médecin, gagne-pain un tantinet plus honorable et surtout plus passe-partout.

Et pour éviter qu'un invité hypocondriaque ne lui parle de ses problèmes de cholestérol ou de diabète, il précisait sa spécialité : « légiste ».

Tour à tour se faisant appeler Casimir, Oscar ou Gédéon, l'homme était recherché depuis des mois pour avoir craché sur des passantes après les avoir abordées.

Volonté de nuire ou simple malformation dentaire ? Ce sera à l'enquête de le déterminer.

Mais honnêtement, je n'ai jamais été aussi contente de ma vie de rentrer chez moi.

21

Même pas peur !

Conduire dans Paris, c'est une question de vocabulaire.

Michel Audiard

Bonjour, rues bruyantes ! Bonjour, gens qui font la gueule ! Bonjour, restaurants trop chers ! Bonjour, pigeons gris et marron ! Bonjour, météo tarée ! Bonjour, voisins méfiants ! Bonjour, vendeuses râleuses ! Bonjour, gaz d'échappement puants !

Je vous aime ! Vous m'avez tellement manqué !

Si je ne me retenais pas, j'embrasserais presque le trottoir parisien que je foule en ce moment.

Tout est dans le « presque », hein, y a pas écrit « motocrotte » non plus sur mon front.

Aaaah, n'empêche, ce petit intermède sylvestre m'a fait un bien fou.

Ça va faire des semaines que je suis rentrée, et je continue encore d'en ressentir les bienfaits, couplés à ceux de l'hôtel sublime où nous nous sommes échouées comme convenu, Clotilde et moi, les derniers jours de nos vacances.

Ça m'a fait du bien d'abord parce que ça m'a donné le thème de mon prochain thriller : un groupe d'amis part camper en forêt, se retrouve aux prises avec un groupe de rapaces affamés dont les gènes ont été modifiés, leur donnant les yeux bleus, après qu'ils ont bu une eau contaminée par des champignons.

J'ai même déjà le titre : *Chouettes hybrides.*

Ensuite parce que mine de rien, me couper du monde m'a permis de faire le point avec moi-même, de prendre du recul, de me recentrer sur mes vraies priorités, sur ce qui compte réellement. Tamiser le superflu à la grille du danger pour ne garder que l'essentiel.

En quoi une petite ride empêche-t-elle de vivre ? L'âge n'est pas une maladie, au contraire, c'est la récompense d'être parvenus à exister.

Lorsque je suis revenue à l'hôtel, après avoir passé plus d'une heure au téléphone avec Aaron, mon mari chéri, à lui assurer dans toutes les langues et les dialectes possibles que oui, j'allais bien, et que non, ce n'était pas la peine qu'il prenne le premier avion pour me rejoindre, je me suis placée devant la glace de la salle de bains.

Et j'ai cherché, longtemps, avant de retrouver ces petites rides qui m'ont paradoxalement renvoyée à ce jour, lorsque j'étais ado, où, après avoir repéré un énorme bouton naissant au coin de mon nez, j'avais passé l'après-midi avec ma main cachant le plus naturellement possible ma figure (j'avais ainsi l'air d'une ado qui renifle perpétuellement sa paume. Plus discret, tu meurs). Le soir, quand j'avais osé me regarder à nouveau dans le miroir, il m'avait fallu plusieurs secondes avant de localiser ce chtar qui m'avait tant complexée.

Alors, dans cette salle de bains carrelée et immaculée, après avoir mis la douche en position « décrassage jusqu'à la moelle » et m'être débarrassée d'un kilo et demi de boue et de poussière, drapée dans une serviette au moelleux divin, j'ai compris.

La bougie en plus sur le gâteau n'est pas un problème. Le laisser-aller général, quel que soit son âge, si.

Ces kilos que je n'assume pas, cette coiffure qui ne me plaît pas, ces fringues que je ne choisis pas, ce cafard que je ne combats pas.

Rien de grave, rien de moche, rien d'irréversible.

Par contre, l'accumulation de toutes mes expériences est une richesse inestimable.

Pas sûr que j'aurais réagi avec autant de flegme dans la même situation, si j'avais été plus jeune.

Quand je repense à la fille vulnérable, dépendante, naïve et immature que j'étais à vingt ans, j'ai effectivement la certitude de m'être réincarnée dans ma propre vie depuis, en devenant cette femme tellement aguerrie, tellement mieux armée.

En fait, chaque âge à ses avantages et ses inconvénients.

Aucun ne cumule que les mauvais côtés, aucun ne cumule que les bons. Ils se répartissent équitablement tout au long de l'existence. L'important est de savoir savourer chaque époque de sa vie à sa juste valeur.

Ainsi, depuis cette aventure, je peux accepter beaucoup plus sereinement les réflexions de ce genre :

Chloé. – Mamaaaan, t'as pas vu mon cahier de SVT, steuplé ?

Moi (relevant la tête de mon clavier). – SVT, c'est quoi déjà, c'est la même chose que EMT ?

Chloé. – Heeu… c'est quoi, EMT ?

Moi (me creusant les neurones pour y balancer ce souvenir et l'oublier ensuite). – La matière la plus chiante que j'avais au collège. Éducation manuelle technique.

Chloé. – Ah ? Mais non, ça c'est techno. SVT, c'est science et vie de la terre.

Moi (agacée). – Ouais, bon, ils ne peuvent pas dire « biologie », comme tout le monde ?

Chloé (délicieuse enfant). – Qu'est-ce que tu crois ? On n'est plus à l'époque des tabliers et des plumiers !

Noémie passe, avec sous le bras un exemplaire d'une bande dessinée que j'adorais quand j'avais son âge. Chloé, elle, s'est mise à piquer les romans qui se trouvent dans ma bibliothèque. Du coup, je lui conseille mes préférés, elle les découvre de son œil neuf, et je les redécouvre à travers elle. Comme je le faisais avant elle dans la bibliothèque de mes parents. C'est émouvant.

Chloé. – Au fait, maman, je voulais te dire, bientôt je rentre en cinquième et, à partir de maintenant, je voudrais que tu ne m'achètes plus que des jeans slim.

Moi (gloups). – Eh bien... pas de problème ! Après tout, c'est de ton âge.

Chloé (qui a perçu le « gloups » que je croyais pourtant avoir masqué). – Eh oui, il va falloir t'y faire ! Tes enfants grandissent, on change de génération !

Moi (avec un sourire). – Oooh non, je n'ai pas besoin de m'y faire. Et tu sais pourquoi ?

Chloé. – Non ?

Moi. – Parce que quel que soit votre âge, ta sœur et toi resterez toujours mes minuscules bébés que j'ai sortis de mon ventre...

Chloé (qui s'éloigne). – Oh nooon, c'est reparti... Noémie, attention, elle arriiiiive !

Moi (les poursuivant pour leur faire un bisou). – ... et que j'ai allaités pendant des mois, même que ça m'a flingué la poitrine, hein, alors donnez-moi des bisous, bande d'ingrates !

Ce soir-là, Clotilde m'a téléphoné pour m'inviter à la soirée qu'elle organisait pour son anniversaire.

C'est bien la première fois, depuis que je la connais, qu'elle le fête.

D'ailleurs, je n'avais jamais réellement pu déterminer son jour de naissance. Elle m'avait juste dit : « Je suis Sagittaire ascendant Balance, avec la Lune en Verseau et le Soleil en Bélier. Démerde-toi avec ça pour trouver. »

Oui, je me suis démerdée : je n'ai pas cherché. Pas de date, pas de cadeau.

Mais cette fois-ci, du coup, je vais lui en faire un magnifique.

Si c'était moi qui avais dû écrire l'histoire que nous avons vécue, déjà, je nous aurais fait errer une semaine dans la forêt. Une semaine sans bouffer, vu comment on a failli mourir de famine au bout de vingt-quatre heures, je crois que ça aurait été comique !

Et puis j'aurais sans doute ajouté à l'intensité dramatique du récit en faisant en sorte, par exemple, que le personnage de Clotilde ingère une plante toxique, aux prétendues propriété anti-âge, et qu'il nous faille à tout prix sortir de là pour la sauver.

Genre course contre la montre.

Bien sûr, elle aurait été guérie (ça va, hein, c'est ma copine, elle ne m'a rien fait), et aurait ainsi pu comprendre la valeur de la vie.

Finalement, elle n'a pas eu besoin de ça.

Sa liaison avec Jerry (qui dure encore... ces gens sont fous !) lui a procuré une stabilité émotionnelle suffisante pour ne plus jamais ressentir le besoin de mentir sur son âge.

Ils s'apportent beaucoup, elle et lui.

Elle lui apprend à s'habiller, il lui fait des brushings gratos, et entre deux parties de jeux vidéo, eh bien... ils s'aiment, tout simplement.

Ce qui m'amène à la question suivante :

Qu'est-ce que je vais bien pouvoir offrir à une vieille bique qui fête ses quarante-trois ans ?

Épilogue

Ah ! Ah !

On récompense des écrivains parfois pour leur œuvre. Pourquoi n'en punit-on jamais ?

Jules Romain

Ah, au fait !

Je ne vous ai pas raconté ?

Quand je suis rentrée, après mon escapade de plusieurs jours, des centaines d'e-mails m'attendaient (non, pas des spams, de vrais e-mails !)

Beaucoup semblaient particulièrement excités, si on en croyait les mentions incrustées entre les points d'exclamation dans la case « objet ».

Avant même de les ouvrir, un mail d'Elsa, mon éditrice, a retenu mon attention.

Il disait en titre « Regarde vite, tu vas adorer !!! », et contenait juste cette phrase sibylline et un peu exaltée : « Surpriiiiise !!!!! Hahaha !!! », avec en dessous un lien vers Dailymotion.

Intriguée, j'ai cliqué.

Une vidéo s'est lancée.

C'était Cassandra Keller, invitée sur le plateau d'une grande émission de divertissement en direct, pour présenter son livre. (La saleté. Moi j'ai dû attendre mon troisième bouquin, avant d'être invitée à ce genre de talk-show…)

Elle prenait sa pose habituelle, perchée sur des stilettos, ses longs cheveux blonds lissés répandus sur ses épaules, le menton appuyé sur le poing, l'air fatiguée d'être belle, et répondait avec une petite touche de mépris aux questions du présentateur.

Dans le public, un Herbert Martin satisfait louchait sur les jambes de sa pouliche en hochant la tête à chacun des mots qu'elle prononçait.

« Oui, mes chiffres de vente vous semblent peut-être extravagants pour un premier roman, mais de toute façon, pour moi, c'était clair : je visais le succès ou rien... »

« Oui, je reconnais que le degré de violence de certaines scènes peut paraître surprenant, sorti de l'imagination d'une si jeune tête, mais c'est mal connaître la jeunesse actuelle élevée aux films gore et aux jeux vidéo agressifs. Que voulez-vous, moi je n'ai pas grandi en regardant *Thierry la Fronde* ou *Les 400 coups de Virginie...* »

« Ah non, ça, non, j'en ai assez qu'on me compare à la Davidson. Et puis il faut évoluer, elle commence à être dépassée : soyons clairs, Anouchka Davidson c'est Anouchka Davidson, et Cassandra Keller c'est Cassandra Keller... »

Woaw.

Pour l'instant, elle me donne juste une sérieuse envie de la mettre en charpie dans mon prochain roman. Mais sinon, je ne vois pas pourquoi tout le monde s'excite autour de sa prestation.

Et puis soudain, il s'est produit un truc totalement inattendu.

Une femme s'est levée dans le public en criant :

– MAINTENANT ÇA SUFFIT, HEIN !

Son visage ne m'était pas inconnu.

Qui était cette femme ?

Elle brandissait un livre en cherchant maladroitement à descendre de l'estrade où elle était assise, perchée au milieu d'autres gens. Des types de la sécurité sont venus discrètement tenter de l'évacuer, mais elle se débattait en vociférant :

– Pardon, hein ! J'ai des choses à dire, vous n'avez pas le droit de m'en empêcher, et vous allez m'écouter ! Vous allez m'ééééécouuuuteeer !!!

Alors, comme l'émission était en direct et que la petite dame semblait ingérable mais pas déséquilibrée, l'animateur se l'est joué genre « mec cool que rien ne déstabilise », et lui a dit :

– Mais oui, madame, tout le monde a droit à la parole, ah-ah, venez donc sur le plateau nous dire ce qui vous tient tant à cœur…

Et les mecs de la sécurité l'ont lâchée.

La mamie, très digne sous ses cheveux blancs, a lissé sa jupe à fleurs et, toujours cramponnée à son livre, est venue s'installer sur un des tabourets placés autour de la table où étaient réunis les invités.

Cassandra a levé les yeux au ciel. En soupirant, elle a murmuré à l'animateur un truc qui ressemblait à « il est hors de question que cette femme empiète sur mon temps de parole… ».

L'animateur lui a fait un signe de tête. Puis, avec une pointe de condescendance et un clin d'œil au public (du genre « régalez-vous, les gars, on va se marrer ! »), il s'est adressé à la septuagénaire.

L'animateur (faussement amical). – Aaaalors, ma petite dame, que souhaitiez-vous nous dire de si important ?

La mamie (tête haute, sourcil levé). – Je voulais vous dire que Cassandra Keller est un imposteur. Ce n'est pas elle qui a écrit son livre.

Cassandra (blême). – Quoi ? Mais ça va pas ? Elle est folle, cette vieille !...

L'animateur (qui ne s'attendait pas à ça). – Heeu, calmez-vous, Cassandra, reprenez-vous... Madame, ces accusations sont extrêmement graves, vous savez.

La mamie (triomphante, agitant son livre à bout de bras). – AH ! Mais j'ai apporté une preuve, qu'est-ce que vous croyez ! La voici : il s'agit de l'œuvre d'un illustre inconnu, Edgar Dreams, qui a écrit *Le Cauchemar de l'ombre mortelle*, publié en 1954 aux États-Unis, jamais traduit. Ma nièce fait sa thèse sur les auteurs américains oubliés de cette époque. C'est elle qui a levé le lièvre. Qu'est-ce que vous dites de ça, mon p'tit gars ? !

L'animateur (excité, sachant qu'il tient peut-être un scoop à faire péter l'audimat). – Je dois reconnaître que les titres des deux ouvrages sont assez similaires, puisque le vôtre, Cassandra, s'appelle *L'Ombre du cauchemar mortel*, mais ça ne signifie pas forcément que...

Cassandra (bouillonnant de rage). – Ne l'écoutez pas. Cette vieille folle raconte absolument n'importe quoi.

La mamie (se tourne vers elle, agacée). – Que les choses soient claires, pisseuse. Tu m'appelles encore une seule fois « vieille folle », et je te fous mon poing dans la gueule tellement fort, que tes dents de sagesse vont te servir de boucles d'oreilles.

Rires, et tonnerre d'applaudissements dans le public.

L'animateur (qui prend le livre de la mamie, celui de Cassandra, et les passe à une chanteuse québécoise assise près de lui). – Vous qui parlez aussi bien l'anglais que le français, voudriez-vous nous dire si vous trouvez une quelconque similitude entre ces deux ouvrages ?

La chanteuse (qui parcourt, un peu gênée, la première page de chaque bouquin). – Ah oui, tiens, c'est marrant... j'avoue que c'est exactement le même texte.

Cassandra cherche autour d'elle, dépitée, le soutien de gens qui commencent à la huer, et aperçoit Herbert, assis au premier rang, se lever discrètement pour s'éclipser.

Elle bondit et se met à hurler, hors d'elle, en le pointant du doigt.

Cassandra (hystérique). – HERBERT !!! Tout ça c'est de ta faute ! !!! Tu m'as menti, tu m'as dit que c'était toi qui l'avais écrit, tu m'avais juré qu'il n'y avait aucun risque !!!

Herbert (obligé de faire volte-face). – Calme-toi ma colombe, on nous regarde... écoute...

Cassandra (attrapant son verre d'eau, et le lui jetant à la figure). – AARRRGGG !!!! Quand je PENSE que je t'ai laissé me toucher, espèce d'immonde cloporte chauve !!!

Jouissance extrême de l'animateur, qui contemple ses invités de l'air étonné, innocent et modeste de celui qui découvre qu'il n'a pas fait exprès d'offrir à sa chaîne son meilleur score du trimestre.

Après de multiples plans sur la scène en cours, retour caméra sur la mamie, qui s'explique.

La mamie (outrée du comportement des jeunes d'aujourd'hui). – C'est vrai, quoi. Moi, vous savez, j'aime beaucoup Anouchka Davidson. C'est une personne charmante, j'ai lu tous ses livres. Ce que cette fille a dit sur elle n'était vraiment pas très gentil.

Voilà !

Je savais bien que je l'avais déjà vue quelque part !

Cette femme est venue me voir en dédicaces. Ouiii, maintenant, je m'en souviens !

Alors là, si on m'avait dit un jour qu'une fan me ferait une telle publicité…

Tout compte fait, pour mon prochain roman, je vais peut-être laisser tomber l'idée des chouettes mutantes.

Je pensais plutôt à un livre qui s'appellerait *La Vengeance d'une brune*…

… ça vous tente ?

Photocomposition Facompo

Impression réalisée par

CPI
Brodard & Taupin
La Flèche

pour le compte des Éditions Calmann-Lévy
31, rue de Fleurus 75006 Paris
en juillet 2009

N° d'éditeur : 14709/06
N° d'imprimeur : 53844
Dépôt légal : juillet 2009

Imprimé en France